生徒会の木陰

碧陽学園生徒会黙示録5

葵せきな

ファンタジア文庫

1789

口絵・本文イラスト　狗神煌

私立君陽学園

エプロン×深夏

エプロン
×
深夏

椎名姉妹
とある休日の朝

真冬

8:25　目覚まし前に大きな物音で起床
8:28　洗面所へ。
途中変な生物の残骸を
見かけるも夢と認識
8:34　朝食のためキッチンへ
8:35　姉妹で朝食
8:55　朝食終了。
ゆるゆるお出かけ準備開始
9:10　軽くソーシャルゲームのチェック
9:30　ようやく着替え終了、しかし動くのがだるい
9:32　ソファでしばし「たれまふゆ」中

9:45　ようやく出陣。見送られる

深夏

7:00　起床
7:10　手早く身支度、早朝ランニングへ
8:00　出張中の母に代わり朝食準備開始
8:10　創作料理にも手を出してみる
8:15　魔界の生物召還・
有史以来未曾有の大惨事
8:25　暴力的解決により事態収拾
8:30　戦闘の形跡を綺麗に掃除
8:34　食卓にまともな朝食を並べる
8:35　姉妹で朝食
8:55　朝食終了。キッチンで一人
「何がいけなかったか」検証開始
9:10　素材の賞味期限が
切れてたのだと結論
9:15　昼ご飯でリベンジしようと決意
9:20　素材の買い出し準備

9:45　妹出陣。見送る

生徒会の木陰
碧陽学園生徒会黙示録5

こくばん

生徒会長
桜《さくら》野《の》くりむ

三年生。見た目・言動・思考・生き様、
すべてがお子さまレベルという、
特定の人々にとっては奇跡的な存在。
何事にも必要以上に一生懸命。

副会長
杉《すぎ》崎《さき》鍵《けん》

業優秀による『特待枠』で
徒会入りした異例の存在。
一点の二年生。エロ…
とい、ギャルゲ大好きで、
徒会メンバーの
攻略を狙う。

書記
紅《あか》葉《ば》知《ち》弦《づる》

くりむのクラスメイトで、
クールでありながら
優しさも持ち合わせている
大人の女性。生徒会に
おける参謀的地位だが、
激しくサドな体質。

副会長
椎《しい》名《な》深《み》夏《なつ》

のクラスメイトで、
と書いておとこと読む、
い性格の持ち主。
性を嫌っており、
子人気が高い。髪をほどく
美少女度が倍増する。

会計
椎《しい》名《な》真《ま》冬《ふゆ》

深夏の妹で一年生。
当初ははかなげな美少女
だったが、徐々に頭角を
あらわし、今や取り返し
のつかないことに。
男性が苦手だが、鍵は平気。

出入り口

これが生徒会室の配置よ!

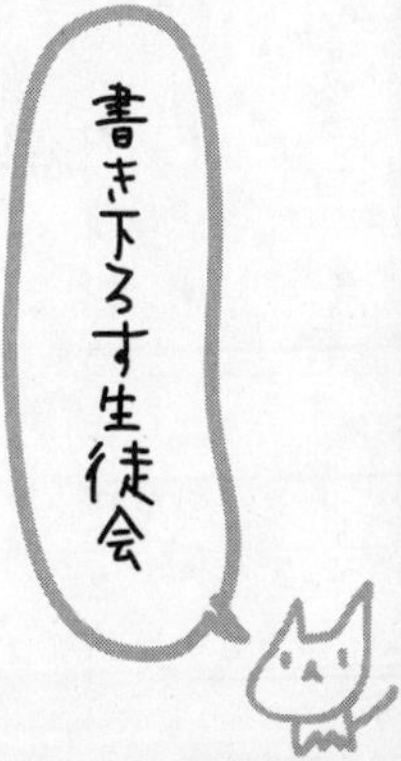

「世界が救われて本当に良かったと思います」by国立凛々

【書き下ろす生徒会】

「我々は多くの人に支《ささ》えられていることを、忘れてはいけないんだよ！」

会長がいつものように小さな胸を張ってなにかの本の受け売りを偉《えら》そうに語っていた。

今回は本気で、いい名言だ。

「珍《めずら》しいですね、会長。なんかまともですよ」

「私はいつだってまともだよ！」

会長はぷくっと頰《ほお》を膨《ふく》らませる。いつもまともかどうかはさておき、今日の名言は本当にちゃんとしている。少なくとも、この名言から始まる会議なら、俺達も何も心配することはない。皆《みんな》表情は穏《おだ》やかだった。

知弦《ちづる》さんが、穏やかな表情で会長の話を促《うなが》す。

「それで、今日は何をするのかしら。その名言からなら……そうね。我が校の生徒達のことを思った、久々の、とても健全な生徒会らしい活動と推測――」

「生徒会の一存シリーズ読者さんへの感謝を示して、特典小説を書き下ろしちゃうよ！」

「…………」

知弦さんが止まる。

「読者さんは重要だよ。ある意味うちの生徒より重要だよ。なんてったって、彼ら彼女らが本を買ってくれてるから、私達は儲《もう》かっているのだから……くふふ」

『…………』

俺達も、止まった。…………会長に「まとも」を期待した俺達がアホだった。

大きなガッカリ感に、しばらく沈黙《ちんもく》を貫《つらぬ》いた俺達だったが、こうしていても会長の暴走を許《ゆる》すだけだ。俺は、今までの事例を思い出しながら、口を開いた。

「ええと……また、ゲー○ーズさんですか？　確かにお世話になってますけど」

俺の質問に、会長はなぜか「ちっちっちー」と偉そうに人差し指を振《ふ》る。

「今回のは、ちょおっと違《ちが》うんだなぁー」

「？　ゲーマー○さんじゃない？　じゃあ、アニ○イトさん？」

「ふふん、そういうことでもないんだよ」

「……じゃあ、吉○屋？」

「なんでそうなるのよ！　牛丼《ぎゅうどん》屋のお客さんに生徒会の小説配って、どうするのよ！」

「いや、読者層の拡大でも狙《ねら》っているのかと」

「それはいつも狙っているけど、いきなり○野屋という発想はないよ……」

「じゃあ、なんの特典小説だと言うんです」

「ふふーん。それはね……」

「それは？」

生徒会メンバー全員が見守る中、会長は、思いもしなかったことを言い出す。

「特典小説の、特典小説よ！」

『はぁ？』

一斉《いっせい》に首を傾《かし》げる俺達。代表して、真冬《まふゆ》ちゃんが疑問を口にした。

「なんですか？　その、おまけのおまけみたいな企画《きかく》は……」

「そのまんまだよ。今まで○ーマーズさんで配った特典小説原稿《げんこう》を、今回ドラマガの付録にすることになったから、それに書き下ろしをつけるんだよ！」

「つまり、布団《ふとん》圧縮袋《ぶくろ》を買ったら、今ならもう一枚圧縮袋がついてきますよ、みたいな企画なんですね」

「うん、そう」

真冬ちゃんの質問に対する会長の回答を受けて、俺達もようやく状況《じょうきょう》を把握《はあく》する。

深夏《みなつ》が、「んだよぉー」と極《きわ》めてダルそうに、座ったまま背伸《せの》びをした。

「久々にちゃんとした生徒会活動かと思ったら、また小説の方かよぉ。しかも、本編でさえねぇんだろ？　やる気出ねぇなぁ」

「こら、深夏！」

「あぶなっ！　ゆ、油性マジックをキャップ取ったまま投げるかよ、普通《ふつう》！　痛くねぇけど、すげぇいやなんだが！」

「今の深夏の発言は、作家として万死《ばんし》に値《あたい》するよ！」

「値しねぇよ！　というか、そもそもあたし、作家じゃねぇし！」

「書いているのこそ杉崎《すぎさき》だけど、私達も作品制作に関わっているという意味では、作家なんだよ！　その作家が……番外編をダルいとか言っちゃ、駄目《だめ》なんだよ！」

「う、うぉ。なんか、会長さんにだけは言われたくない注意をされた……」

深夏は深く傷ついていた。……まあ、普段《ふだん》は会長の方が金の亡者《もうじゃ》だからなぁ。

会長は、勢いをそのままに続ける。

「こういうところこそ全力でやると、好感度が上がるんだよ！　庶民《しょみん》的なこと言う政治家に人気が出るのと同じ理論！　本編じゃないところこそ全力の生徒会！　カッコイイ！」

「……あー」

深夏が目を細めて頭をボリボリと掻《か》く。野望の大きな会長が、特典の特典とかいう媒体《ばいたい》に対して珍しくやる気だと思ったら……やはり、裏があったようだ。

まあしかし、色々納得はいった。どんな動機であるにせよ、やる気があること自体は悪い事じゃない。

俺は「で」と話を促すことにした。

「全力の特典小説って……なにするんですか？」

「わかんない。だから、皆から意見を貰《もら》おうと思うの」

「なるほど。そういうことなら、分かりました。この俺が、本編以上に本気の特典小説内容というものを、教えてあげましょう」

「？　キー君？」

急にやる気を出した俺に、知弦さんが不思議そうにしている。俺は皆からの注目を受ける中……胸を張って、大きな声で提案してやった。

「このエピソードで、俺と生徒会役員全員が結ばれます！」

「ぜ、全力だぁ――――――！　凄《すご》くイヤだけど、確かに、全力だよ！　本編をごろっと覆《くつがえ》すエピソード、持って来ちゃったよ！」

会長を始め、生徒会役員全員が呆気《あっけ》にとられている。俺は、畳《たた》みかけるように説明した。

「これなら、見所満載《まんさい》です。サービスショットも大量。読者大満足」

「う、うぅ、それは確かにそうだけど……。で、でも、それは無理！　却下《きゃっか》！」

「えぇー。……じゃあ、会長と俺が結ばれるだけにしておきます？」

「それも却下だよ！　私が無理だよ！　とにかく、杉崎の恋愛《れんあい》はなし！」

「そんな……。じゃあ、俺から提案出来ることはもう何も……」

「相変わらず偏《かたよ》った脳みそだね……。ん？　あ、逆という手があるよ、杉崎！」

「逆？」

俺の質問に、会長は満面の笑みで答える。

「そう！　杉崎が、全員から恨《うら》まれ、憎《にく》まれ、蔑《さげす》まれて、生徒会から去るんだよ！」

『じゃあそれで』

「うぉおおい⁉ なにハモって同意なさってんですか、皆《みな》さん⁉」

酷《ひど》い生徒会だった。泣きながら、隣《となり》に座る深夏の腕《うで》に縋《すが》る。そうして必死で許しを請《こ》うと、皆が俺をウザいものでも見るかのような目で見つめながら、仕方なさそうにその案を却下してくれた。……助かった。

涙《なみだ》を拭《ぬぐ》いながら席に座り直していると、目の前の知弦さんが、「じゃあ」と提案を引《ひ》き継《つ》いでいた。

「つまり、特典小説だけど、本編並みかそれ以上に読み応《ごた》えのあるものになればいいのよね？ アカちゃん」

「うん、そうだよ。読者さんの心を、ガッチリ摑《つか》むんだよ！」

「そう。なら、こういうのはどうかしら」

「なになに？」

知弦さんが、不気味に微笑《ほほえ》む。

「滅《ほろ》ぶ」

『何が⁉』

流石《さすが》知弦さん。たった二文字で、えらい衝撃《しょうげき》を与《あた》えてきた。全員ドン引きだ。

しかし、全くペースを乱さず、知弦さんは続ける。

「地球が、とか、世界が、というのがベストだけど」

「ど、どういう意味でベストなのか、真冬には分かりません！　最悪以外の何物でもないです！」

「そうね。その規模になると、流石に超《ちょう》展開すぎてしまうから……。『碧陽《へきよう》学園が』ぐらいにしておきましょう」

「いやいや、ねーよ！　あたし達の物語の舞台《ぶたい》、なんで特典小説で壊滅《かいめつ》してんだよ！」

「それぐらいやってこそ、読者も喜ぶというものでしょう？」

「そんなので喜ぶ読者さんは、知弦以外いないよ！　これ読んでない人は、次の巻あたりから急に碧陽学園滅んでて、びっくりだよ！　ついてこれなくなっちゃうよ！」

「しょうがないわね。もっと規模を小さくしてほしいの？」

「いや、そもそも滅ぼさないでほしいんだけど……。そうだね。もっと狭《せま》い範囲《はんい》で、盛り上がるんだったら、滅ぶのもアリかも――」

「じゃあ、キー君の毛根を滅ぼすということで」

『じゃあそれで』

「よっほぉおおおおおおおおおおおおおおおおおおおおい！」

唐突《とうとつ》な俺の頭皮環境《かんきょう》への攻撃《こうげき》に、俺は奇声《きせい》を上げ、そして、また命乞《いのちご》い……いや、髪乞《かみご》いを始める。何度も何度も頭を下げ、そして、ようやく理解を得る。……良かった。良かったよぉ、俺の頭！

俺が自分の頭を慈《いつく》しむようにさすっていると、真冬ちゃんが「はい」と手を上げた。

「やっぱり、先輩《せんぱい》が去るとか滅ぶとか、そういうマイナス系の展開は、いかがなものかと、真冬は思うんですよね」

その意見に、会長がこくりと頷《うなず》く。

「それは完全に同意だけど。でも、そっち系だと確かに盛り上がりはするよ？　幸福な方に転ぶとなっても……杉崎のハーレム成就《じょうじゅ》とか、絶対イヤだし！」

「それは、そうです。だから真冬はですね——」

「あ、ちょっと待って！　中目黒《なかめぐろ》君でしょう！　どうせまた、中目黒君と杉崎をくっつけよう、みたいな方向いくんでしょ！」

「ふっふっふー。甘いですね、会長さん。今日の真冬は、ひと味違うのですよ。そんな意見が即却《そっ》下されちゃうのは、真冬だってお見通しなのです！　だから今回は、全く別の提案なのですよ！」

「せ、成長してる、この子！　流石最年少！　成長速度が速いよ！」

「成長した真冬が提案する、本気の特典小説の内容。それは……」

「そ、それは？」

ごくりと、会長がつばを飲み込む。

真冬ちゃんは、満を持《じ》して告げた！

「新キャラの登場です！」

「な、なんですってぇー！」

会長が仰《の》け反《ぞ》る。俺達もまた、考えてもみなかった意見に、思わず目を丸くした。

「新キャラ……。確かにいいなぁ、それ。美少女出てくるとか、アリだね、アリ」

「いじりがいのある、アカちゃんみたいな子がもう一人増えたら……じゅるり」

「新キャラ……ああ、なんか熱い響《ひび》きだぜ！　いいかもしれねぇ！」

　意外と真冬ちゃんの提案が生徒会に浸透《しんとう》していく。

　しかし、会長はまだ一人、戸惑《とまど》っていた。

「で、でも、新キャラって……どうするの？　生徒会の役員はもう決まっているんだよ？　真儀瑠《まぎる》先生みたいな顧問《こもん》っていう枠《わく》も、もうないわけだし」

「そこはほら、会長さんの権限で、新しい役職を作っちゃえばいいんですよ！」

「新しい役職？　会長、副会長、書記、会計以外って……どういうの？」

「ええと……。……『弓兵《きゆうへい》』とか？」

「それ必要⁉　その人、なにするの⁉」

「校外から攻《せ》めてきた敵を、屋上からぴゅーぴゅー撃《う》ちます」

「どういう状況《じようきよう》に備えてるのよ！　そんなのは要《い》らないよ！　活躍《かつやく》する場面がないよ！」

「えと……じゃあ、『白魔道士《しろまどうし》』なんてどうでしょう！　回復役として大活躍！」

「そもそも白魔法使える人材が居ないよ！　居たら居たで、こんなところに居る場合じゃないと思うよ！」

「ダメですか。うーん……現実に居て、重要な役割……。……あ！」

「何か思いついたの？」

「はい！『組長』です！」

「組長⁉ ヤ○ザさんの⁉」

「なかなかライトノベルのメインキャラとしては、珍《めずら》しくていいですよ……組長！」

「いやだよ！ なんで生徒会に組長がいるのよ！」

「校内の安全を守ります。各クラス、部活からみかじめ料（用心棒代）を貰って」

「最悪だよ！ かつてないほど荒《あ》れた校風だよ！」

「若い衆《しゅ》からは、『おやじ』と親しまれます。まさに生徒会にうってつけの人材！」

「若い衆って何！ そして、そんな貫禄《かんろく》ある高校生なんて、イヤだよ！」

「大丈夫《だいじょうぶ》です。女の子達からは、『くみちょ』と呼ばれ、親しまれるはずです！」

「可愛く言っても駄目《だめ》だよ！ 組長は組長だよ！」

「むぅ。特典小説で組長出てきたら、楽しいと思ったのですが……」

「特典小説読んでない人からしたら、次の巻から唐突にしれっと生徒会に『組長』がいるっていう、わけの分からない設定を押しつけられることになるよ！」

「……仕方ないですね」

会長の猛烈《もうれつ》な反対にあい、真冬ちゃんはようやく意見を引っ込める。……真冬ちゃん、それは俺もどうかと思うよ。いやだよ……組長。

さて、これでまだ意見を言ってないのは深夏だけだ。皆《みんな》の視線が自然と注《そそ》がれると、彼女は、「んー」と頭を掻《か》きだした。

「あたしは基本、本編が好きだしなぁ。外伝ってやつは、枷《かせ》がありすぎていけねぇ」

「そこをなんとか、面白い特典小説にしようって会議じゃない」

「そうなんだけどさ。じゃあ……スピンオフでいいんじゃね？」

「スピンオフ？」

深夏の意外な提案に、会長は首を傾《かし》げる。どうやら、「スピンオフ」という言葉の意味自体を知らないらしい。

隣から知弦さんが彼女に優しく解説した。

「アカちゃん。スピンオフっていうのは、端的《たんてき》に言えば、本編に出てくる主人公以外の登場キャラにスポットを当てた物語のことよ」

「うーんと、じゃあ、生徒会だったら……私以外が主人公だったら、スピンオフ？」

「いえ、一応この小説の主人公はキー君だと思うけど」

「むぅ、仕方ないわね。じゃあ、杉崎以外を主人公にすれば、いいの？」

会長がそう言った途端《とたん》、深夏はダッと立ち上がる。

「その通りだぜ！　だからここは、あたしのスピンオフで——」

「ちょっと待って！　そういうことなら、今こそ会長である私を、本格的に主人公にするべきなんじゃないかな！」

趣旨《しゅし》を理解した途端乗り気になってしまった会長に、深夏は「甘いな、会長さん」と余《よ》裕《ゆう》の笑みを見せる。

「会長さんを主人公にして、何が面白いってんだ」

「なによ、その言いぐさ！　私だって、ドラマガで色々やってるもん！　主人公を務めるぐらい、とっくに慣れて――」

「それがダメなんだ！」

「な、なんですって⁉」

「いいか、会長さん。スピンオフっていうのは、普段焦点《ふだんしょうてん》が当たらない、脇役《わきやく》たる人物が主人公やるからこそ、面白いんだ。就任挨拶《あいさつ》とか手紙とか下敷《したじ》きとか、普段から主人公的立場をやることが多い会長さんでは、何も意外性がない！」

「が、がーん！」

「同様の理由で、知弦さんも駄目だ。番外編でそこそこ語《かた》り部《べ》やってたりするからな。そうなると、あたしが適任だと思うわけだ」

「ちょっと待って、お姉ちゃん。それなら真冬も……」

　ちょこんと手を上げてきた真冬ちゃんを、深夏は冷たい目で見下ろす。

「真冬。お前の場合は、単純に主人公にしてもつまらなそうだから、却下《きゃっか》」

「ええっ⁉　そ、そんな……。……くすん……」

　酷《ひど》い理由で切られた真冬ちゃんは、いつものように部屋の隅《すみ》で体育座りになって泣き始める。……ごめん、真冬ちゃん。慰《なぐさ》めたいけど、俺も深夏と同じように思うよ。真冬ちゃん主人公にしても……ゲームとBLの話だけになりそうだよね。

　で、そういう意味で言うならば……。

「確かに、深夏は主人公適性高い気はするな」

「だろ、鍵《けん》。あたしが主人公の物語、楽しいと思うぜ？」

「ちなみに、どういう話にするんだ？」

　俺の問いに、深夏は自信ありげに微笑《ほほえ》んだ。

「『超武闘派《ぶとうは》少女伝説　ディープサマー』」

「だっせぇ！　中二病完全にこじらせてんじゃんかよ！」

「甘いな、鍵。中二病を一概《いちがい》にバカにしてはいけないんだぞ。本当に面白い物語っていうのは、いつだってその核《かく》は中二病なんだ。それを恥《は》ずかしいことのように侮辱《ぶじょく》するヤツらなんか、放っておけばいいんだ」

「いや、お前の物語はバカにされても仕方ないと俺は思う」

「ちなみにこの物語は、あたし椎名《しいな》深夏が、次々と襲《おそ》いくる強者《つわもの》共をバッサバッサとなぎ倒《たお》していく、痛快バトル列伝だ。勿論《もちろん》、事実」

「お前、生徒会以外でどんな日常送ってんだよ……」

「あたしのスピンオフ、興味湧《わ》いただろ？」

「まあ、ある意味読んでみたい気はするが」

「じゃあ、これで決定――」

「ちょぉっと待ったぁ！」

　特典小説の内容が深夏のスピンオフと決定しかけた、まさにその時。キンキンした声と共に、会長が、思い切り立ち上がった。

水を差された深夏が、不機嫌《ふきげん》そうに応じる。

「んだよぉ、会長さん。まだ文句あるのかよ」

「ふふん。あるよ、深夏。大ありだよ。……気付いちゃったんだよ、私」

「気付いたって……何にだよ？」

「深夏……あんたは、確かに主人公っぽいわ。主人公適性ありまくりだわ」

「？　ああ、ありがとう。だから、あたしのスピンオフで決――」

「でも、だからこそ、スピンオフには向かないんじゃないかしらっ！」

『！』

生徒会室に、衝撃《しょうげき》が走る！

「な、なんだ……って……」

深夏が、ふらふらと倒れそうになりながら会長の方を見る。会長は……ニヤリと、笑っていた。

「言ったわよね、深夏。スピンオフは、普段焦点が当たらない、脇役たる人物がやるからこそ、面白いのだと」

「た、確かに言ったが……」

「だったら！　今の主人公っぽすぎる深夏では、駄目なんじゃないかしら！」

「！」

「なんの意外性もないわ！」

「な……なんてこった……」

深夏が、がっくりとくずおれる。まさかの逆転劇に、生徒会室には張《は》り詰《つ》めた空気が漂《ただよ》っていた。

俺は……「じゃあ」と声を絞《しぼ》り出す。

「特典小説の内容はどうするんですか」

「そこは、深夏の提案通り、スピンオフをやればいいと思うよ」

「でもアカちゃん。主人公は、どうするの？」

「そうですよ、会長さん。生徒会メンバー全員駄目なんじゃ……一体……」

皆からの質問を受け……会長は、バンッと、机を叩《たた》いた！

「探すのよ！　私達の物語の関係者で、地味な……地味すぎる、普段なら主人公なんかやれそうにない人物を！」

＊

どうも、宇宙守《うちゅうまもる》だ。今は二年B組に在籍《ざいせき》してる。

………。

まいった。何書けばいいんだ、これ。意味がわからん。

なんか杉崎に「お前の物語を書け」とわけのわからん依頼《いらい》をされたんだが。なんでオレがあいつの頼《たの》みを聞かなきゃならねーんだよ。くっそ、うぜぇ。……深夏が一緒《いっしょ》になって頼んで来なきゃ、絶対断ってたぜ。

さて。オレの物語、ねぇ。あいつらが言うには、「主人公はお前しかいない！」とのことだ。まあ、そう言われて悪い気はしねぇな。

じゃあ、この前の日曜日の行動でも書いておくか。

えと、朝五時起床《きしょう》。休日に大量に働く姉貴は、いつも朝から仕事あるから、オレは早めに起きて食事の支度《したく》とかしなきゃいけねぇ。両親は共働きで家にいないこと多いからな。

んで、姉貴が仕事に出かけた後、オレは、買い物がてら近所を散歩。

昼頃《ごろ》に帰宅して、朝の残りとかで昼飯をすます。この時、チャーハン作ったんだけど、手に取った卵の一つが古くなっててさ。サイコメトリーでそれに気付かなきゃ、腹壊《こわ》すとこだったぜ。……あ、そうそう、オレ、超能力《ちようのうりよく》者です。
昼からは、ちょっと昼寝《ひるね》して。起きてから、軽く勉強して。
夜までは、暇潰《ひまつぶ》しにゲームして。友達と、少しだけ電話で喋《しやべ》って。
……概《おおむ》ね普段通りって感じ？　いや、約束ある時は遊びに出かけるけどな。
んで、夜はパンとか食う。姉貴の帰宅が遅《おそ》いから、その時に合わせて夕飯作るん
だけど、それまで腹減るから。
で、テレビ見て、風呂《ふろ》入って、姉貴帰って来たら一緒に飯食って、寝る。
一日、終了《しゆうりよう》。
……これでいいか？　オレの物語。

＊

なんか知らんが、杉崎に原稿《げんこう》を突《つ》き返された。しかも、「派手な事件に巻き込まれろ」
とか意味のわからん脅迫《きようはく》を受けた。なんなんだ。オレにどうしろっていうんだ。
あと、「もっと特殊《とくしゆ》能力アピールしろ」らしい。卵とかどうでもいいって言われた。よ
くねぇよ。腹壊したくねぇし。
派手な事件、ねぇ。……そういえば、この前、迷子《まいご》の女の子に出くわしたな。

泣いてばかりで全然話にならねぇから、ちょっと悪いかなと思ったけど、頭の中軽く覗《のぞ》かせて貰《もら》って、その情報を手がかりに両親捜《さが》して、一件落着だった。

……よし、これでいいだろう。事件も、超能力も網羅《もうら》したぜ。完璧《かんぺき》じゃね？

＊

杉崎に大量の赤を入れられた原稿を突き返された。

「お前は主人公として……いや、作家として、やる気があるのか！」

と意味不明の怒《いか》りを受けた。正直に言おう。どっちの自覚もねぇよ！　そう言ったら、隣《となり》に居た深夏に「バカヤロー！」って殴《なぐ》られた。……凹《へこ》んだ。反省した。

オレは、もっと大きな事件に出くわすべきだったらしい。

仕方ないので、生徒会が入れたという「赤」に沿って、迷子の子供に関するオレの物語を膨張《ぼうちょう》、再構成して、提出することにする。

＊

オレ、宇宙守。今は高校生をやっている。しかしオレには隠《かく》された能力があるのだが……いや、やめておこう。強大すぎるオレの『あの能力』は、平凡《へいぼん》に暮らすには不必要なものなのさ……。

そんな風に「強すぎるオレ」に悩《なや》みながら今日も歩いていると、ふと、めそめそと泣いている小さな女の子に出会った。オレは当然、声をかけたさ。

「どうしたんだい、お嬢《じょう》ちゃん」

「ひっく……。私、私、おうちに帰りたい……」

「よし、任《まか》せておけ！　オレが、帰してやるぜ！」

しかしその矢先、黒い車に乗った不審《ふしん》な男達に攫《さら》われてしまう少女！　事件だ！　オレは慌《あわ》てて追いかけたさ。しかしそんなオレの前に現れる、数々の雑魚《ざこ》敵！　バッタバッタとそれらをなぎ倒して車を追うも、更《さら》なる強敵がオレを襲う！

その名も『闇《やみ》の四天王』！　そのあまりに格の違《ちが》う強さに苦戦を強《し》いられるも、『普段《ふだん》は力を隠していたけど実は強いオレ』はやる気を出し、四天王のうちの一人……『業火《ごうか》のレオン』を打破したのだった。

そうして、オレの旅は続く。魔王《まおう》を倒すため……じゃなかった。ええと、そう、なんか攫われた迷子の女の子を捜す旅だ。うん、忘れてなんかない。

その際立ち寄った『イーナカ村』に住む女の子とラブロマンスがあったりなかったりもしたが、結局「オレにはやらなきゃいけないことがまだあるんだ」と、関係性をうやむやにして、さくっと村を去った。旅する男主人公にはよくあることだから、気にしないでほしい。特に深夏。気にしないでほしい。ホントに。杉崎に言われて付け足しただけだから——こほん。これは全て事実です。

さて、その後も世界各地をめぐっては、その時々に都合《つごう》のいいご当地ヒロインが出てきたり、いちいち話が世界規模になってしまったりしたが、まあ、当然勝った。オレ、実は強いから。大概《たいがい》、戦闘《せんとう》で問題になるのはオレの心の問題だ。本気を出すかどうかのところで迷うぐらい。基本的に、危なげはない。それがオレ。強いオレです。深夏、読んでるか？

まあ、そんなわけで、他の四天王……風やら水やら大地やらを司《つかさど》るその辺の尺稼《しゃくかせ》ぎイベントっぽい、RPGだと割とだるいボス敵もあっさり撃破《げきは》したんだ。

で、平和になったから終わり——じゃなかった。そうだこれ、迷子の女の子の話だったな。うん、忘れてなんかないよ。この伏線畳《ふくせんたた》むのうぜぇとか、思ってねぇよ？

えと……じゃあもう、ここから先はダイジェストで。

迫《せま》り来る『組織』の追っ手！　少女の出生に隠された禁断の秘密！

敵として現れる死んだハズの友！　組織に洗脳されていた美女との恋《こい》！

唐突《とうとつ》な異世界編への突入《とつにゅう》！　間の悪い過去編！　なかなか進まない本編！

こうして冒険《ぼうけん》を繰《く》り広げたオレ、宇宙守は、なんだかんだで、世界を守るための最終決戦に挑《いど》むことになったんだ。

「クハハハハハ！『聖杯《せいはい》の力』を取り込んだ今の私に、敵《かな》うものなどないのだー！」

空は黒く染まり、割れた大地からはマグマが噴《ふ》き出す終末の光景の中。力に取り込まれ、もはや人間の原形を止《とど》めなくなった悪の魔導師《まどうし》・ジェノサイダーが全長五キロにわたる漆《しっ》黒《こく》の翼《つばさ》を広げ、笑い声を上げる！

既《すで》に満身創痍《まんしんそうい》のオレ。しかし、オレは、力を振《ふ》り絞って再び立ち上がった！

「く……。オレは……オレは、こんなところで、負けやしない！　オレは……オレはぁあああああああああ！」

「な、なんだこの輝《かがや》きは！　貴様、ど、どこにそんな力が！」

「ふ！　実はオレの力は、封印具《ふういんぐ》によって、普段は十分の一まで抑《おさ》えられていたのさ！

そのリミッターを……今、解放する！　でやぁあああああ！」

「なんだと！　ぐあああああああああああああ！」

「ふ……勝ったな」

「……やるではないか、小僧《こぞう》！」

「なに！　まだ生きてるだと！」

「お前を少々侮《あなど》っていたようだ。では、今こそ見せてやろう！　私の……第二形態を！」

「だ、第二形態だとぅ！　な、なんだそれは！　更なる巨大化《きょだいか》だってぇ!?」

「絶望しろ！　《オメガダーク》！」

「ぐぁあああああ！　がくり。……なんて……力だ……げほ……」

「まだ生きているとはな。安心しろ。今すぐ楽にしてやる」

「く……。……オレは……オレは、まだ死ぬわけにはいかない！　うぉおおお！」

「なに！　立ち上がっただと！　そして、この先程とは段違《だんちが》いの動きはなんだ！」

「ふふ……この力だけは使いたくなかったんだがな。オレ自身の生命力を削《けず》ることで、一時的に普段の百倍の力を得る……この、《ハイパーブーストモード》だけは」

「な、なんてオーラだ！　これは……！」

「こうなったオレに、もう手加減はできねぇぜ！　食らえ！　《サイキックウェーブ・零《れい》式《しき》！》」

「がはぁあああああ！」

「……終わったな」

「……くくく。くかかかか！」

「なに⁉」

「まだだ！　まだ終わらんよ！　こうなったら……貴様だけは道連れだ！　聖杯の核《かく》である《ダークオーブ》を……直接この身に取り込んでくれるわ！」

「や、やめろ！　そんなことしたら、お前の自我さえ――」

「……オ、オォ――チカラガ　ミチル　ホロビヨ　セカイ」

「だ、駄目《だめ》だ……この圧倒的《あっとうてき》な威圧感《いあっかん》……勝てない！」

「ホシ　オチ」

「！　そ、空から星が……星が落ちてくるだとぉ！　うあああああああああああ！」

「ホロビヨ　ホロビヨ」

「……もう……駄目だ……。オレには……とても……」

オレが諦《あきら》めかけた、その時！

「守おにーちゃん！　諦めないで！」

「お、お前等《ら》……」

現れる、迷子の少女と……そして、今までの旅で関わった多くの人々！

『守！　このセカイの皆《みんな》の力……受けとれぇ！』

瞬間《しゅんかん》、人々から光が溢《あふ》れ、それは迷子の少女を通して、オレへと流れこんで来る！

「こ、これは……力が！　とても温かい力が、流れこんでくる！」

「オオ　コレハ　コレハ　ヤメロ　ヤメロ」

全ての温かき力を……右手に、流れ込ませる。

「オレの全てを、この一撃《いちげき》に賭《か》けるぜ！　うぉぉおおお！」

「守おにーちゃん！　頑張《がんば》ってぇー！」

少女から、眩《まばゆ》い光が放たれる！

「コノチカラハ　セイジョノキラメキ　ヤメロ　クルナ！」

「食らえぇえええええええええ！　ファイナルサイコアタァァァァァァアック！」

「グガァァ　アァァアアァア　アアアアアアアアア！」

崩《くず》れ落ちる化物。瞬間、世界に咲《さ》き乱《みだ》れる花！　蘇《よみがえ》る命達！　黒く染まっていた惑星《わくせい》が、青く美しい元の色へと戻《もど》っていく！

こうして、世界は救われたんだ。

そして、オレは、少女を両親の元へと送り届けることに、成功したのさ。

「ありがとー、守おにーちゃん！　ありがとぉー」

「ふ……」

手を振る少女に背を向け、オレは家路へとついたのだった。

特典小説・外伝スピンオフ　宇宙守の大冒険　完

＊

「…………」

守から受け取った原稿《げんこう》を、会長が全て読み切り、トントンと紙束を揃《そろ》える。会長以外のメンバー全員、既に読了《どくりょう》済みだ。

俺達は……緊張《きんちょう》の面持《おもも》ちで、会長の言葉を待った。

会長はなにかを再確認するかのように、目を閉じていた。静かな……とても静かな、表情だった。既に、心は一つの答えを導《みちび》き出しているようだ。

俺達も静かに待った。なぜならば、俺達の心もまた、一つだったからだ。

静寂《せいじゃく》の中、永遠にも思える数秒が経過し。

会長はその閉じた目を、スウッとゆっくり開くと。

皆が待ちに待ったその一言を——告げる。

「ない！」

『ですよね！』

そんなわけで、結局今回も、会議内容をそのまま小説にして提出しておくことになりましたとさ。

「あの校務員は私が雇ったんだ。面白いヤツだろう？」

by 真儀瑠紗鳥

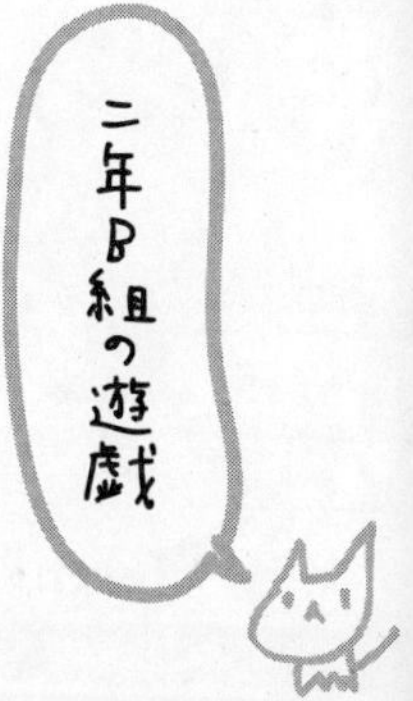

【二年B組の遊戯《ゆうぎ》】

ボクが碧陽《へきよう》学園に来てから約半年。季節はすっかり冬を迎《むか》え、教室の窓から見える景色は白に染まっていた。

「雪、こんなに積もるんですね……」

一時間目の休み時間。ボクが感心したように呟《つぶや》くと、隣《となり》の席の杉崎《すぎさき》君が気怠《けだる》そうに答えてくれた。

「何を今更《いまさら》。結構前から降ってただろう？」

「そうなんだけど……。降っているところは見たことあっても、積もっているのって、実際見ると感動だなぁって」

「そんなもんか？」

「あ、大好きな人の隣で見ているからかな？」

「さあてと、トイレ行ってこようっと」

「あ、ボクも」

「ア――――――――――――――――――ッ！」

「なんで絶叫《ぜっきょう》？」

相変わらず杉崎君は時折意味不明の人だった。結局トイレは行かないらしく、自分の席に落ち着く。ボクも鏡見てこようかなと思ったぐらいなので、杉崎君が行かないならと、席に留《とど》まる。

そうこうしていると、いつものように宇宙姉弟《うちゅうきょうだい》が寄ってきた。杉崎君を挟《はさ》んで更《さら》に隣の深夏《みなつ》さんも含《ふく》め、五人で会話を始める。

「善樹《よしき》は元々東京の方出身だったっけか」

守《まもる》君が訊《たず》ねてきたので、ボクは頷《うなず》いて応じる。

「うん。あっちでも時折雪は降るけど……でもこんなに積もることはないから」

「そっか。じゃあ昼休みは雪合戦でもやるかっ！」

「え、ホントに⁉　やったぁ！　楽しみだなぁ、皆で雪合戦！」

『俺（私）も巻き込まれてる！』

「え？　杉崎君、巡《めぐる》さん、なんか言った？」

ボクが満面の笑みで振《ふ》り向くと、二人はさっと視線をそらしつつ答える。

「いや……なにも。なぁ、巡」

「ええ、雪合戦楽しみね、杉崎」

「だよね！　わぁー、楽しみだなぁ」

「……なんで俺が美少女以外との雪イベントに興じなきゃならないんだ……」

「……なんで稀代《きだい》のアイドルたる私が雪合戦なんて野蛮《やばん》な遊びに……」

「？　二人とも、どうかした？」

『いーえ、全然！』

「だよね！」

「……お前等《ら》、実はすげぇ仲良いだろ……」

守君が呆《あき》れた様子でツッコミ、杉崎君は憮然《ぶぜん》と、巡さんは頬《ほお》を紅《あか》くして守君をガシガシ叩《たた》いていた。うんうん……やっぱりこのクラスは楽しいなぁ！

そうして、皆で和気藹々《わきあいあい》と喋《しゃべ》る中、「よっしゃ！」と一際《ひときわ》大きな声が教室に響《ひび》き渡《わた》る！

見れば、そこでは深夏さんが右拳《みぎこぶし》を左掌《ひだりてのひら》に当て、気合いを入れていた！

「昼休みの雪合戦、燃えるぜぇえええええー！」

『いや、お前（深夏さん・深夏）は不参加でお願いします』

全員即答《そくとう》だった。

「え、なんで⁉　なんであたしだけ仲間はずれにすんだよ！　いやだよ！　あたしも雪合戦やりてぇよ！　お願いだから、仲間に入れてくれよぉおおおおおおおおお！」

深夏さんが涙目《なみだめ》で縋《すが》ってくる。

『…………』

「いや、無言で解散すんなよ！　まだチャイム鳴ってないぞ⁉　おい⁉　おーい⁉」

今日も二年B組は、チームワーク抜群《ばつぐん》だった。

＊

「そんなわけで、第一回、二年B組仲良しメンバーズによる、雪合戦大会開催《かいさい》だ〜！」

『わぁ〜！』

昼休みの校舎裏、雪の積もった駐車場《ちゆうしやじよう》（車も無くて雪遊びにぴったり！）にて。

守君が若干《じやっかん》無理矢理気味なハイテンションで司会を務《つと》める中、ボクと深夏さんは心から、杉崎君と巡さんはどこか投げやりな様子で、盛り上がりをみせていた。

「今回雪合戦をするにあたって、いつものメンバーだけだと人数の切りが悪いため、ゲストを招くことにしました！　拍手《はくしゅ》〜」

『わぁ〜！　パチパチパチパチパチ！』

「お、これは出逢《であ》いの予感！」

さっきまでだるそうだった杉崎君にエンジンがかかった。巡さんが口を尖《とが》らせる。

「なに期待しているのよ、あんた。どうせ知り合いのクラスメイトとかよ」

「バカッ、なに言ってんだ巡！　ライトノベルってヤツは、巻を重ねてネタが切れてきたら、『実は目立たないけどクラスにずっと居ました』的美少女ヒロインが急に湧《わ》いてきたりしていいんだぞ！」

「なんのルールよそれは！　これは現実！　生徒会が書いている小説とは別なのよ！　そ、それに、たとえ女の子が来たところで、絶世の美少女アイドルたるこの私の足下《あしもと》にも及《およ》ばないでしょうよ」

その言葉には、ボクも少しだけ賛同する。

「あ、それは確かに、一理あるかもだね。ほら、巡さんはさておき、この学園の美少女ランキング上位四人は生徒会の人達なんだから、そんなところに在籍《ざいせき》する杉崎君が満足するほどの新しい出逢いは、もうこの学園じゃ難《むずか》しいんじゃないかな……」

「なんで私をさておくかは気になるけど、下僕《げぼく》の言う通りよ、杉崎。無駄《むだ》な期待はやめなさい」

「そうだぜ、鍵《けん》。そもそも雪合戦に参加したいって言うヤツなんだ。きっと、爽《さわ》やかなスポーツタイプの、男だろうさ！」

皆《みんな》からの否定意見。しかし杉崎君は、それでも諦《あきら》めてない様子だった。

「い、いいや！　そんなことないやい！　これは二年B組のくだりだぞ⁉　生徒会的に言えば番外編だぞ⁉　キャラの増員は、簡単なはず！」

「あんたはいちいち視点のメタさが気持ち悪いわね……」

確かに、オタクを良いオタクと残念なオタクに分けたら、杉崎君は後者のリーダーになれそうな逸材《いつざい》だという気がする。

「よし、守！　紹介《しょうかい》してやってくれ！　そして、皆の想像を裏切り、俺の期待に応《こた》えてくれ！」

皆の視線を受けて、守君は「おーけぇーい！」と、似合わないテンションで司会を再開する。……普段《ふだん》可哀想《かわいそう》なほど脇役《わきやく》の彼がこのイベントの言い出しっぺなんで、張り切っているんだろうなぁ。深夏さんの前だしね。……相変わらず健気《けなげ》というか……。

守君は、校舎の角、こちらからは死角になった方へと、声をかける。

「それでは、雪合戦のゲストさん、どうぞ！」

守君に紹介され、一同の前にその人物がやってくる。

『…………⁉』

のっそのっそと。

巨体《きょたい》を揺《ゆ》らしながら。

パワードスーツが、やってくる!


「雪、集メル。纏《まと》メル。投ゲル。……フ、実ニイージーナミッションダナ」


『誰《だれ》だぁ――――――――――!?』

守君を除く、全員が驚愕《きょうがく》だった! 目の前には、身長が2メートルオーバーあるんじゃないかという、巨漢《きょかん》の、カタコトの……何者か。大きなASIM○みたいな存在が、そこには、居た。

顔はフルフェイス、体はSF作品でしか見たことのない機械的な装甲服《そうこうふく》(強化外骨格《きょうかがいこっかく》って言うんだっけ?)に包まれ、その質感たるや、どう見てもホンモノ。事実、彼が歩く度《たび》に、ウィンウィンと機械音が鳴《な》り響く。

皆が呆気《あっけ》にとられる中、守君だけはなぜか気安く彼の肘《ひじ》(肩《かた》には届かないからか)をぽんぽんと叩いていた。

「え? 知らないか? 校務員の人なんだけど。トイレとかよく掃除《そうじ》してくれているだろ？」

「いや、そんな『シュコー、シュコー』息しているヤツ、会ったことねぇよ！」

杉崎君が全力でツッコム。皆も同様の意見だった。しかし守君は一人、不思議そうに首を傾《かし》げる。

「んなこたぁねぇだろ。このビジュアルだぜ？」

「だから余計不思議なのよ！　守！　あんた、いつの間にこんな人……ヒト、よね？　と知り合いに――」

「喚《わめ》クナ、女狐《めぎつね》」

「なんかいきなり態度デカイんですけど、この人！」

「姉貴アイドルだし、照れてんだろ」

「照れから『喚クナ』とか『女狐』なんて言葉は出てくるかしら！」

「そう言うなって、ほら、姉貴。これから一緒《いっしょ》に遊ぶんだから、握手《あくしゅ》握手」

「う。……し、仕方ないわね。よ、よろしく」

巡さんが右手を差し出す。え、偉《えら》いなぁ。この状況《じょうきょう》でよくもまあ……流石《さすが》アイドル。色んな人との握手には、慣れているのかもしれない。

対するパワードスーツ……校務員さんもまた、その手を機械的なグローブ越《ご》しに握《にぎ》った。

「ヨロシクナ、ブラザー」

「ブラザーじゃないわよ！　っていうかなんなのよ、その服！　一緒に遊ぶって言うんだったら、せめてそれ、脱《ぬ》ぎなさいよね！」

「…………言ッテル、意味ガ分カラナイノダガ」

「なんでよ！　こっちの方が意味分からないわよ！」

「チョ、マジ意味不明ナンデスケドー」

「そういう言葉のチョイスの問題じゃないわよ！　っていうかウザッ！」

パワードスーツの校務員さんは中々の曲者《くせもの》だった！　し、しかし、これ、本当に誰なんだろう。この巨体……外国人男性さんとかかなぁとは思うのだけれど、声はヘルメットに変換《へんかん》機能でもあるのか、なんか機械音声気味だし。本気で正体不明だ。

基本的に他人の外見とかを気にしない大らかな深夏さんも、流石に彼に戸惑《とまど》った様子だった。なんとか、妥協《だきょう》点を探るかのように、質問をする。

「えと……あんた、本当に校務員さんなのかよ」

「イヤ、本来ハ軍ノ――イヤ、ナンデモナイ。校務員ダ」

「今なんか言いかけたよなぁ!?」

「気ニスルナ。遊ビニ、経歴ハ、関係ナイ」

「いや、そりゃそうだけどさ……。そうなんだけど……」

相手の正論に、深夏さんがどもる。う、うーん、ボクだってイジメに悩《なや》んできた人間なわけだし、偏見《へんけん》はいけないことだと思うけど……こ、これは、そういう問題なのでしょうか？

なんか守君以外の全員が納得いかない中、偉いことに、杉崎君が彼に歩み寄る。

「ま、まあとりあえず自己紹介しようか。俺は杉崎鍵。それで……」

と水を向けられ、ボク達は、それぞれ順番に一応名乗る。その挨拶《あいさつ》を受けて、パワードスーツさんは、ガシャリと頷《うなず》いた。

「フム、記憶《きおく》シタゾ。コレデ戦闘《せんとう》モスムーズダナ」

「いや、そういう意味での自己紹介では……。ええと、それで、その、貴方《あなた》の名前は？

戦闘じゃなくて、雪合戦するのにも、やっぱり名前は言ってくれないと」

それはそうです。彼が何者にせよ、せめて、名前ぐらい聞かないとやっていられない。

彼自身、まさかそれさえ語らず遊ぼうとは思っていないだろう。

「ソウダナ……」

「？」

しかし彼はそこで、なぜか、少し悩む素振《そぶ》りを見せた。守君以外の全員が不思議そうに見守る中……パワードスーツさんが、何か思いついた様子で、告げる。

「『ジェノサイド・ウルフ』トデモ、呼ンデクレ」

『嫌《いや》だよ！』

初対面ですが全員で思いっきり否定させて頂きました。

＊

「そんなわけで、ジェノさんを入れて3対3で雪合戦をしようと思うんだが。チーム分け、どうする？」

『…………』

どうするも何も無い。『(それ以前にコイツをどうするんだ)』的視線が、ジェノサイド・ウルフさん……通称《つうしょう》ジェノさん（名前を変えてくれなかった）に注《そそ》がれる。

……結局、あれ以上の自己紹介が無いまま、進行してしまった。そして、チーム分けのくだりとなっているのだけれど……そこで、全員が逡巡《しゅんじゅん》している状況だ。

この人材（ジェノさん）は、どう捉《とら》えるべきなのか。

味方にするのが正解なのか。敵にするのが正解なのか。とても判断がつきかねます。

味方にすると、コミュニケーションが難しそう。

でも敵にすると、純粋《じゅんすい》に怖《こわ》い。脅威《きょうい》すぎです。あの体から繰《く》り出される雪玉の威力《いりょく》を想像すると、ボクなんかちょっと涙目《なみだめ》だ。

全員がお互《たが》いを牽制《けんせい》し合う中、まず初めに、守君が提案してきた。

「ええと、ジェノさんと知り合いのオレは、彼と同じチームがいいかな？」

「おお、それがいいな。じゃあ守とジェノさんは確定で――」

杉崎君がそう進行すると、しかし、当のジェノさんが難色を示してきた。

「自分ハ、巡ト、深夏ノチームデ、イイゾ。……クク ッ」

「ジェノさん意外にぐいぐい来るな！」

「ある意味杉崎君以上にえげつないね、ジェノさん……」

まあ「碧陽学園の校務員」らしい性格とも言えるけど。ジェノさんの欲望《よくぼう》にまみれたチーム案は当然軽く却下《きゃっか》して、巡さんが改めて進行する。

「とりあえず、守とジェノさんは一緒で確定ね。あと、私と杉崎も、一緒で確定」

「おいこら、なんで俺とお前が一緒なのも確定なんだよ！」

「え？　だって……そ、そんなの、言うまでもないでしょ！」

巡さんが頬《ほお》を赤く染めている。ああ、今日も恋《こい》に全力な人だなぁ……でも、相変わらず杉崎君と深夏さんの頭の上には「?」マークが浮《う》いていた。なんでここまで鈍感《どんかん》なんだろう、この人達。

そして例の如《ごと》く、杉崎君が変な方向での理解。

「そっか……味方として背後《はいご》から迫《せま》った方が、俺へのヘッドショットを決めやすいもんな……巡……恐《おそ》ろしい女だぜ」

「そういう理由じゃないわよ! ああ、もう! とにかく、杉崎と私は一緒!」

「まあ別にいいんじゃねえの?」

と守君。続けざまに、あくまで自然を装《よそお》って、提案。

「じゃ、チーム分けは、オレとジェノさんと……み、深夏。んで、そっちは残りの、姉貴、杉崎、善樹で」

皆《みな》さん、お気づきになられましたでしょうか。この人、今、さりげなく深夏さん取りましたよ。しかもボク以外は全然それに気付いた様子が無いです。こ、この鈍感メンバーはホント……。

しかし、守君の思惑《おもわく》に気付かないまでも、杉崎君はやはり不満そうだ。

「ええー。ちょっと待てよ。巡的に言わせて貰《もら》うなら、俺は深夏と一緒がいい! いや……深夏と一緒じゃなきゃ、イヤだ！　離《はな》ればなれになるなんて、考えられない！」

「け、鍵、お前……」

杉崎君のあまりの剣幕《けんまく》に、今度は深夏さんが照れる。対照的に巡さんがムッとし、守君が困惑《こんわく》。……なんでただ昼休みにちょっと雪合戦するだけで、このメンバーはすぐ恋愛《れんあい》模様が複雑に絡《から》まるのだろう。脇《わき》に立つジェノさんがラブワゴンの運転手に見えてきたよ。

とにかく、深夏さんがもじもじする中、杉崎君は真剣《しんけん》な眼差《まなざ》しで、告げる！

「深夏から雪玉喰《く》らうなんて、明らかに死亡フラグじゃ――」

「さ、このチーム分けでやるぞー！」

杉崎君の言葉を最後まで聞くことなく、深夏さんがあっさりあっちのチームに行ってしまった。そういうとこのツメが甘いのが、杉崎君らしい。

さて、流石にもうこれ以上チーム分けで休み時間を消費するわけにもいかない。メンバーはこれで確定と相成《あいな》ってしまった。

杉崎君はとぼとぼとボクらの方へやってくる。

「杉崎！　二人の共同作業だね！　頑張《がんば》ろう！」

「お、おう。まあ、よろしく頼《たの》む」

「杉崎君！　ボク、杉崎君のためなら槍《やり》にも盾《たて》にも……つまり、攻《せ》めにも受けにもなるよ！」

「うん、なんでお前は天然でそういう言い方が出来るんだろうなぁ！」

なんか杉崎君にキレられたけど、とにかく、こうしてボク達はチームになった。とりあえず守君が「開始まで二分間、作戦タイム！」と言うので、ボクらは三人固まり、話し合いを始める。

「それにしても……杉崎君と一緒のチームなのは嬉《うれ》しいけど、よく考えると、戦力的に結構不公平な気がするね、このチーム分け」

「だから言ったんだ、深夏と離れたくないって……。見ろ、あっちのチーム」

杉崎君が顎《あご》をしゃくって視線を促《うなが》す。見れば、あっちは……超能力者《ちようのうりよく》、最強の女戦士、重装甲歩兵《じゆうそうこう》というラインナップだった。巡さんが呟《つぶや》く。

「……うちのチームから死人が出るわね。主《おも》に下僕《げぼく》」

「うん、ボクも一撃《いちげき》で体力もってかれる自信があるよ」

「守はともかく、残り二名の雪玉は、当たったら人生的な意味で『アウト』を覚悟《かくご》しなければいけないだろう……あれ」

「特にジェノさんは、雪玉どころか機関銃撃《う》ってきそうな勢いよね……」

三人、溜息《ためいき》を吐《つ》く。漂《ただよ》う、敗戦国の空気。明るい展望が湧《わ》かない。でも、元々はボクのために始まったこと！　ここは、ボクが盛り上げないと！

「大丈夫《だいじょうぶ》だよ！　チームワークだよ！　ボクはこの学園で学びました！　友情や絆《きずな》は、何よりも尊《とうと》く、強いものだと！」

「おお、中目黒《なかめぐろ》が全力で恥《は》ずかしいことを言っている！」

杉崎君が若干《じゃっかん》引いていた。正直ボクも恥ずかしいけど、でも、根拠《こんきょ》がないわけじゃないんだ！

「某遊戯《ぼうゆうぎ》さんだって、友情の力で『その効果、この場面ぐらいでしか使い道なくない？』っていう、ジャストなカードを引くじゃない！」

「いや、下僕。残念ながら現実は、あれより、福本漫画《まんが》の方の世界観を信じた方がいいと思うわよ」

「大丈夫！　冷静に考えても、あっちのチームは、ジェノさんがイレギュラーなのは勿論《もちろん》、個人の能力が高すぎて『チームプレイ』は下手《へた》そうな深夏さんと、そして彼女の前で張り切って空回《からまわ》りする守君という構成なんだよ」

「そうは言うけどな、中目黒。こっちのチームだって、決してチームワークいい組み合わせというわけじゃ……」

「なに言ってるのさ、杉崎君！　ボク達……チーム『杉崎君大好きっ子クラブ』は、最強のチームワークを誇《ほこ》る集団だよ！」

「なにその気持ち悪いチーム名！」

「ちょ、下僕！　なに言ってるのよ！」

杉崎君がドン引き、巡さんが照れていた。それでも、構わずボクは続ける。

「ボクと巡さんは、杉崎君が傍《そば》に居てくれれば、能力数割増しなんだから！」

「だから、なんなんだよお前等《ら》のその気持ち悪い特性！」

「とにかく！　杉崎君も巡さんも！　愚痴《ぐち》ってても仕方ないんだから、前向きに、そして楽しく雪合戦しようよ！　ね！」

ボクの言葉に、二人はちょっと面食らった様子だった。

「あ、ああ、まあ、俺もやるとなりゃ全力でやるけどさ」

「私もそうだけど……。それにしても下僕、あんた、この半年で大分変わったわね……」

「うん？　そうかな？」

そうこうしていると、向こうから守君が「じゃあ始めるぞー！」と声をかけてきた。

こうして。

遂《つい》に、ボクの初雪合戦は幕を開けたのだった！

＊

碧陽学園裏の駐車場《ちゅうしゃじょう》の一角、雪合戦スペースは、意外とちゃんとした会場に仕上がっている。詳《くわ》しくは知らないけど、ちょっと前にあの生徒会長さんが許可というか指示をしたらしく、雪合戦大会のそれで使われるような「壁《かべ》」がきちんと設置されているのだ。勿論、遊びだから公式ルールのそれに数字単位できちっと則《のっと》っているわけではないらしいけど。

ザッと説明すると、両陣営《じんえい》の真ん中に壁一つ。両陣営それぞれの、最前線左側、中盤《ちゅうばん》右側、最後部真ん中辺に一つずつ、「壁」がある。

雪を固めて出来た壁。当然関東育ちのボクは初めて見た。壁に触《ふ》れてみて、感想をぽつりと漏《も》らす。

「杉崎君！」

「あん？　なんだよ、もう攻撃《こうげき》来るぞ――」

「凄《すご》く……硬《かた》いです」

「うるさい、黙《だま》れ」

なんか杉崎君に思いっきり怒《おこ》られた。な、なんだよ……感想言っただけじゃないかっ！

でもこれ……雪で出来ているんだよなぁ。不思議だなぁ。

「杉崎君、杉崎君」

「だから、なんだよ！」

「最初は凄く柔《やわ》らかかったのに、こんなに硬くなって……立派だよね」

「知らねぇよ！　わざとかっ！　お前、わざとなのか⁉」

「何が？」

相変わらず、杉崎君のツッコミはたまに謎《なぞ》だなぁ。ボク達のやりとりを呆《あき》れた様子で見ていた巡さんが、自分も壁に触れながら、声をかけてくる。

「でもホント、雪の壁ってこんなに硬くなるのね。これなら、ちゃんと隠《かく》れていれば大怪《おおけ》我《が》とかしなくて済むんじゃないかしら」

それには杉崎君も「ああ」と返す。

「雪をギュッと圧縮して、その上軽く凍《こお》らせてるからな。雪玉程度なら、いくら威力あったって、ちゃんと防いでくれ――」

と言ったその瞬間《しゅんかん》だった。

《ズドォオオオン！　ガラガラガラガラガラ》

前方から、物凄《ものすご》い衝撃音《しょうげき》！　驚《おどろ》いて、最後部の壁からそぉっと三人、状況《じょうきょう》を窺《うかが》ってみると……。

　会場真ん中の壁が、完全に吹《ふ》き飛んでおりました。

「よっしゃ！　どんどん行くぞー！」

　奥では、ぶんぶん腕《うで》を回して張り切っている深夏さん。そして、「おおー！」とすっかり彼女の子分と化した様相の、男性二名。

「ちょっとタァ――――――イム！」

　杉崎君が慌《あわ》てて声をかける。深夏さんが勢いを削《そ》がれ、「なんだよぉ」と口を尖《とが》らせた。

　ボクらを代表して、杉崎君が抗議《こうぎ》に出る！

「いや違《ちが》うから！　そういう、『雪玉で壁が壊《こわ》せないというのなら、まずはそのふざけた幻想《げんそう》をぶち壊す！』みたいなノリの競技じゃないから！」

「いや、別にそんなノリじゃねえよ。ただ、普通《ふつう》に投げただけだし」

「雪玉で壁壊すって、どんな『普通』だよ！」

「そりゃお前、たとえ雪玉と言えど、光速に近いスピードでぶち当たれば、あんな感じになるだろ」

「リアル超電磁砲《ちようでんじほう》かよっ！　お前は碧陽学園じゃなく某学園都市に行ってくれませんかっ！　とにかく、それやめろ！　壁壊すの禁止！」

「ち、分かったよ。これからはちゃんと、鍵の頭狙《ねら》うよ」

「もっとやめろっ！　壁に当ててもいいから、威力《いりよく》を抑《おさ》えてくれ！　頼むから！」

「……へーい。……じゃ、一割減で」

「大して変わってねぇ！　99パーセント以上削《けず》って貰《もら》えませんかねぇ！」

「お前……そこまでしたら、最早《もはや》それは、ただの雪玉のぶつけ合いだろう！」

「雪合戦でそれ以外の何をやるつもりだったんだよ、お前は！」

　そんなわけで、杉崎君の必死の……それはもう必死の抗議の末、とある生徒会の超電磁砲はそのレベル5的能力を封印《ふういん》された。うんうん、遊びって、バランスとれててこそだよね！

　さて、真ん中の壁は無くなってしまったものの、競技再開！　深夏さんの雪玉も、相変わらず当たったら痛そうではあるものの、体が爆散《ばくさん》するレベルではなくなっている。

　ボクらも、少しずつ攻めることにした。杉崎君が一つ前の壁へと移動を開始し、ボクと巡さんは最後部からぽいぽいと雪玉を投げてそれを援護《えんご》する。

「シット！　訓練モ受ケテナイ野蛮《やばん》ナ民兵ドモガ！」

ジェノさんが本気すぎて引く苛立《いらだ》ち方をしている。そうして、何を思ったか、彼は……急に、ボク達の雪玉攻撃も気にせず、こちらに突進《とっしん》をかけてきた！

「オ前等《ら》、皆殺《みなごろ》シダァー！」

「出たっ！　ジェノさんの真骨頂《しんこっちょう》その一！　ジェノサイドチャージ！」

「かっけぇ！」

『お前等のチームはなんなんだぁ――――！』

重装甲歩兵の、和訳すると『皆殺し突撃《とつげき》』となる雪合戦に相応《ふさわ》しくない必殺技《わざ》にボク達は一瞬動揺《いっしゅんどうよう》するも、しかし、意外に無防備なその体に雪玉を次々と投げつける！　だがそこは百戦錬磨《ひゃくせんれんま》のジェノさん、雪玉をあんな重装備ながら機敏《きびん》な動きで見事に避《よ》け――られるわけもなく、次々に被弾《ひだん》！　やった！　ジェノさん、アウト――

「コノアーマーノ前デハ、ソノヨウナ脆弱《ぜいじゃく》ナ弾丸《だんがん》、モノトモセヌワ！」

『な、なんだってぇ！』

なんとジェノさんは止まらなかった！　そのまま一番前に居た杉崎君を担《かつ》ぎ上げる！

「ワレ、敵ヲ捕獲《ほかく》セリ！」

「ぎゃああああああ⁉　って、違うから！　効《き》くとか効かないとか、そういうゲームじゃないから、これ！」

ジェノさん、まさかのルール無視だった！　彼は興奮しきった様子で、持ち上げた杉崎君に怒鳴《どな》る！

「コレ戦争！　勝者コソ正義！　歴史ノ解釈《かいしゃく》モルールモ、勝者ガ作ルモノダァー！」

「いや、これ雪合戦だから！」

「戦《いくさ》ハ戦！　ナラバ我ハ勝ツノミ！……モウ、二度ト、愛スル人々ヲ失ワヌタメニ！」

「お前の過去に何があったんだよ！　いいから、離《はな》せ！　ほら、深夏や守からもなんか言えよ！　ルール伝えてやれよ！」

持ち上げられた杉崎君の必死の訴《うった》えに、相手チームもついに動いた！

「ジェノさん、お前……くぅ！　あたしは感動したぜ！　お前の仲間に対する想い、ホンモノだ！」

「アイツの心が俺の超能力《ちょうのうりょく》で伝わって来る……。アイツは……アイツは本気だ！　うぅ、なんて熱いヤツなんだ！　オレは、感動した！　やれ、ジェノさん！　ひと思いに！」

「オウ！」

「オウじゃねえよ！　やめろって！　全然雪合戦じゃねえよこれ！　むしろチームデスマ

ッチだよこれ！」

「ジョナサン……ガスト……ロイホ……ユメアン……デニーズ……皆《みんな》ノ無念、今、晴ラスゾ！」

「いや晴れねぇよ！　そのファミレスみたいなヤツらの無念、ここで俺を倒《たお》しても、一切晴れねぇよ！」

杉崎君を持ち上げたまま感慨《かんがい》に耽《ふけ》るジェノさん、必死な形相《ぎょうそう》の杉崎君、仲間の勇姿にむせび泣く敵チーム。……あれぇ？　ボクのやりたかった雪合戦って、絶対こういうのじゃないんだけどなぁ……。

「下僕《げぼく》。果てしなくだるいけど、仕方ないから、あの馬鹿《ばか》共の馬鹿すぎて馬鹿らしい状況、解消しに行くわよ」

「うん……そうだね」

というわけで、ボクと巡さんがストップに入り、ジェノさんの雪合戦に対する妙《みょう》な誤解も解《と》き、仕切り直すこととなりました。

＊

ジェノさんを説得し、深夏さんの驚異《きょうい》的パワーを封《ふう》じ、ようやく、雪合戦は普通に行われ出した。

「くっそー！　やられたー！」

「へっへっへ、鍵如《ごと》きがあたしに敵《かな》うと思う——ぶはっ！」

「杉崎のカタキ！　報《むく》いを受けたわね、深夏——きゃあ⁉」

「へ、油断したな姉貴！　このオレの超能力をもってすれば、相手の動きなんて全て予測済みなのさ！」

「へー、守君、じゃあなんで深夏さんに雪玉飛んでくるの教えてあげなかったの？」

「え？　あ、いや、それは、読んだのがついさっきだからであって、オレは——ぐはっ⁉」

「ふ、心を乱したね、守君！」

「何ト恐ロシイ策士カ。アレコソ、正ニ、戦場ノ悪魔《あくま》……」

「あ、ジェノさん！　背後に金髪《きんぱつ》のグラマラス美人さんが！」

「オオ、コノ戦場デ持テ余《あま》シタ性欲《せいよく》ヲ癒《いや》シテオクレ、ビューティフルレディ——ガ⁉」

「やったぁー！　これで一勝一敗！」

昼休みが楽しく進行していく。そうして、時間的にも決着的にも、あと一戦という段階になった。

それぞれが雪を払《はら》いながら自分の陣地《じんち》に戻《もど》っていく。試合開始は一分後。ボクはその間に、杉崎君に声をかけた。

「雪合戦って、こんなに楽しかったんだね！」

ボクの感想に、杉崎君が笑顔で振《ふ》り向く。

「というより、単純に、皆で遊んでいるからじゃねえか」

「そうだね！　杉崎君と一緒《いっしょ》だからだよね！」

「いや、俺は『皆と』と言ったハズだが！」

そこに、巡さんが更《さら》に注釈《ちゅうしゃく》を入れてきた。

「それも違うわよ。『仲の良い友達皆と』でしょ」

「わ！　巡さんがなんか綺麗《きれい》なこと言った！　気持ち悪い！」

「お前、大丈夫《だいじょうぶ》か？」

「……………うん、あんたらの今の発言で、ちょっと前言撤回《てっかい》したくなったわ」

彼女がドス黒いオーラを放ち始めたので、ボクらは視線を逸《そ》らす。

「さて、最終決戦だ、中目黒。準備はいいか？」

「あ、セーブポイント行ってないよ、杉崎君」

「真冬《まふゆ》ちゃんみたいなことを！」

「だって、最終決戦の準備って言ったら、セーブじゃない？　『この門を開けたら引き返せない気がする……』みたいなメッセージでしょ、今の」

「まあ確かに、向こうから尋常《じんじょう》じゃない邪悪《じゃあく》な気配を感じるのは同意だが」

見れば、あっちには負《ま》けず嫌《ぎら》いの深夏さん、深夏さんの前でいいとこ見せたい守君、美女が居なかったことにメラメラ（ムラムラ？）怒《おこ》っているジェノさんの三人が居た。こ、怖《こわ》い。最後のはボクのせいなのが、余計に、怖い。

というわけで、セーブをしておくことにした。

「えーと、『ボクが碧陽学園に来てから約半年。季節はすっかり――』」

「下僕、なにしてんのよ」

「あ、日記書いておこうかと思いまして。セーブです」

「杉崎と言い、アンタと言い、ホントこの学校の生徒って文章書くの好きよね」

「巡さんだって、ブログやったりエッセイ書いたりしているじゃない」

「そうだけど。あー、そういえば、私が私的に書いていた原稿《げんこう》、生徒会に持ってかれてたんだった。卒業までに取り返しておかないと……」

巡さんがなにやらぶつくさ言っている。――と、あちらから守君が「始めるぞー！」と声をかけてきた。セーブの途中《とちゅう》だったけど仕方ない。また後にしよう。

配置につき、守君の合図で、試合が開始される。今回はボクが前方に進み、壁《かべ》に隠《かく》れ、後方から杉崎君や巡さんに援護をして貰《もら》っていた。特に、後方の壁越《かべご》しに、杉崎君が投げる雪玉が、それは素晴らしい放物線を描《えが》く光景に、ボクは、思わず声を上げた。

「わぁ！　杉崎君の硬《かた》いところから、ぴゅーぴゅーと白いのが沢山《たくさん》出てるよ！」

「お前実は全然ピュアなキャラじゃないだろう！　なぁ！」

なんか後方から凄《すご》い怒声《どせい》が飛んできた。最近の若者さんは、すぐカッカしていけないなぁ。ボク、なんにも悪いことしていないのに。

さて、杉崎君がアレをきゅっきゅと硬くして白いのを沢山放っているのに、ボクが休んでいるわけにもいかない。

「よし！　杉崎君！　ボクも杉崎君が沢山白いのを出せるよう、一杯《いっぱい》動くよ！」

「なんでお前は表現がいちいち曖昧《あいまい》なんだよ！　普通に雪玉って言えよ！」

「うーん、いつも小説書いている杉崎君と違《ちが》って、一般《いっぱん》人のボクは、とっさに言葉が出て来ないことが多々あるんだよ」

「嘘《うそ》だっ！　絶対お前の中には、俺以上の、物凄《ものすげ》ぇ才能が溢《あふ》れているはずだ！」

「え？　なに？　聞こえないよ。ボクのが、杉崎君の中に、溢れているって？」

「もうお前とは話したくありません！」

「ええ!?」

なんか分からないけど、絶交されました。……くすん。酷《ひど》いや、杉崎君。理不尽《りふじん》だよ……。ボク、なんにも悪いことしてないのに。この日記が小説になっていると仮定して、読者さんだって、百人中百人が、「中目黒君は悪くない」って言ってくれると思うよ。なんか、考えていたら、どんどん滅入《めい》ってきちゃった。うぅ……こうなったら……こうなったら……。

「わぁ————ん！　特攻《とっこう》だぁ————！　お国のために————！」

『どうした急に!?』

皆が唖然《あぜん》とする中、ボクは敵陣《てきじん》に駆《か》けていく！　まさか相手もボクが来るとは思ってなかったのか、一瞬攻撃《いっしゆんこうげき》が止《や》む。その隙《すき》にボクは、ぐいぐいと敵陣の中に入る！　な……なんてボクらしくない、勇敢《ゆうかん》な行為《こうい》！　感動です！

「やったぁ！　杉崎君のおかげで、ボク、深く中に入って、男になれたよ！」

「もう……許して下さい……」

なんか杉崎君の声が涙声《なみだごえ》だった。後方からくすんくすん聞こえてくる。うんうん、ボクの勇姿に、杉崎君も、改心してくれたのかな。良かった良かった。

——と、安心している場合じゃなかった！　気付けば、目の前にはジェノさん！

「ヌ!?」

「わぁ!?」

というわけで、お互《たが》いを妙に苦手としているボクらは、焦《あせ》りに焦り、結果――

「はーい、ジェノさんと善樹、アウトー。フィールドから出ろよー」

ボクらはお互い同時に雪玉をぶつけあい、そして、相打ちになった。二人、一緒にとぼとぼ戦場から出て、横から、残り四人の雪合戦を観戦する。まあ……残念だけど、あの四人が戦っているのを見るのも、それはそれで楽しいからいいか。

フィールド脇《わき》の、元々駐車場《ちゆうしやじよう》に設置されていたらしいベンチに腰《こし》かける。ジェノさんも、ボクの隣《となり》にドスン……いや、ガコンと腰を下ろした。木のベンチが一瞬軋《きし》む。

二人、ボーッと雪合戦を眺《なが》める。……改めて考えると、シュールな光景だった。ちっちゃく色白なボクと、無骨なジェノさん。凸凹《でこぼこ》コンビ、ここに極《きわ》まれり。

「杉崎！　二人の愛のパワーで、絶対に勝つわよ！」

「……もうこのチームやだ……」

「深夏！　お、お、オレ達も、その、あ、あ、アイ、あ、あい……」

「どぉおおりゃぁ！　鍵！　隠れてないで出てこぉおおい！」

雪合戦は白熱していた。……白熱……しているのか？　うん、多分している。対照的に、ボクとジェノさんは無言だった。気まずい。何か話しかけようとは思うんだけど、あまりに共通要素がなさ過ぎて、話題が見当たらない。

う、うーん。ボクもこの半年で大分社交的になったつもりだったんだけどなぁ。

——と、ボクが悩《なや》んでしまっていると、ジェノさんが、ぽつりと口を開いた。

「……今日ノコト、感謝スル」

「へ？　何がですか？」

彼らしくない神妙《しんみょう》な発言に、ボクはびっくりしてそちらを見る。すると、彼はなんだか少しだけ優しい声色《こわいろ》で、答えてくれた。

「……君達ハ、本気デ、コンナ姿ノママノ俺ト遊ンデクレル」

「まあ、他のメンバーも大概《たいがい》変わり者ですしね……」

超能力《ちょうのうりょく》者にアイドルに最強女子にハーレム王だもんなぁ。まともなのは、ボクだけだよ。うんうん。

「確カニ、全員、変ナヤツラダナ」

「うん？　全員？」

「アア、全員」

「…………」

うん、あんまり突《つ》っ込《こ》んで訊《たず》ねるのはやめておこう。正直、ボクの何処《どこ》が変なのか小一時間問《と》い詰《つ》めたいけど、やめておこう。

しばしの沈黙《ちんもく》の後、ジェノさんが再び話しかけてくる。

「皆《みんな》、本当ニ純粋《じゅんすい》デ善良ナ子達ダ」

「そ、そうかなぁ。純粋で善良って……うーん……そんな大層なものではない気が……」

「ソンナ事ナイ。オ前、確カ転校生ダッタナ。ダッタラ、本当ハ俺ノ言ウ事、分カルハズ」

「……。……そうですね」

笑顔だけを返す。そして、礼儀《れいぎ》も遠慮《えんりょ》も屈託《くったく》も無い……彼らを、見る。

ジェノさんは、少しだけ……マスクごと、項垂《うなだ》れた。

「俺ガコンナ格好デ居ルノハ、本当ハ――」

「いいですよ。うん、全然事情は分からないけど。そんなテンションでする話は、したくないなら、しなくて、いいんじゃないでしょうか」

ボクは彼の方を見ず、キッパリと言う。ジェノさんは、少し驚《おどろ》いた様子で、こちらを見た。

「……ソウカ」

彼はマスク越《ご》しに、少しだけ笑ったようだった。二人、しばし無言で雪合戦を見る。それから、杉崎君の方を指さし、少しだけ、笑って、言った。

「君ハ少シ、彼ニ、似テイルネ」

「え？　そ、そうですか？……だったら、嬉《うれ》しいなぁ」

「……君ハ、アレダナ。世ニ言ウ、ガチホモ、ダナ」

「嬉しいなぁ」

「嬉シイノカ⁉」

「ええ、嬉しいです」

杉崎君と似ているかぁ……嬉しいなぁ。ホント嬉しすぎて、他のことが、全然頭に入ってこないや。

「ソウカ……嬉シイカ……」

「？　ジェノさん、なんでちょっと距離《きょり》とったんですか？」

「イ、イヤ、ナンデモナイ。セ、戦士ハ、必要以上ニ他人ト寄リ添《そ》ワナイ」

「またまたぁ。ほら、寒いですから、もっと近くで見ましょうよ！」

「……アァ。…………マミー、コノ日本トイウ国ハ、過去ノドノ戦場ヨリモ、過酷《かこく》ナ土地ミタイデス」

「それにしても……うふふ」

「アア、笑ッテル……。男ガ、男ヲ見テ、心カラ……アァ」

なんか隣からドン引きしている空気を感じるけど、まあジェノさんだし、文化の違い的な、ボクに分からない理由でだろう。気にしない。

ボクは、雪玉を投げ合う四人の友達……いや、親友達を見つめる。

そうして、一人、小さく、呟《つぶや》いた。

「ボクは、碧陽学園に……皆の友達に相応《ふさわ》しい人間に、なれて、きているかな？」

誰《だれ》かが空高く放り投げた雪玉は、太陽の光を背にキラキラ輝《かがや》き。

笑い声がこだまする中、昼休み終了《しゅうりょう》のチャイムが、密《ひそ》かに、鳴《な》り響《ひび》いていた。

………。

まあ当然五時限目に遅《おく》れましたけど、なにか？

「これだから碧陽学園生徒は手に負えないっ！」by 枯野恭一郎

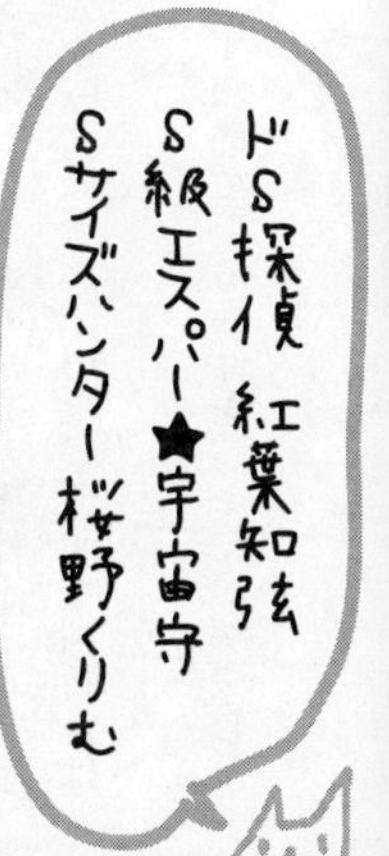

【ドS探偵《たんてい》　紅葉知弦《あかばちづる》】

「犯人はこの中にいます」

　彼女がありきたりな名探偵発言をした時、しかし僕らには大きな衝撃《しょうげき》が走った。

　本堂家《ほんどう》現当主である本堂信一《しんいち》（五十七歳）がでっぷりした腹を揺《ゆ》らしながら勇ましく鼻息を漏《も》らす。

「ふんっ、何を馬鹿《ばか》なことを。こんな茶番のために我々は呼び出されたというのかね。実に下らん。私は忙《いそが》しいのだ。帰らせて貰《もら》うぞ」

　そう息巻く信一さんに対し、しかし言われた張本人……自称《じしょう》女子高生探偵・紅葉知弦氏は不遜《ふそん》な態度を微塵《みじん》も崩《くず》さず、妖艶《ようえん》に微笑《ほほえ》んだ。

「お待ち下さい、信一さん。あと三十分もお時間を頂ければ、この一連の事件……本堂家連続殺人事件の真相が判明するのですよ。この機会をみすみす逃《のが》すのは、賢明《けんめい》な判断とは言えません」

「何を言うかと思えば、小娘《こむすめ》が。警察でさえ手をこまねいている事件を、キミが解決したとでも言うのかね。片腹痛いわ！」

「そうですか。盲腸《もうちょう》かもしれませんね。今すぐ救急車を呼びます」

「そういう意味じゃない！　まったく！　こんな人間にこの複雑怪奇《ふくざつかいき》な事件の真相なんて分かるハズがなかろう！」

「安心して下さい、信一さん。今のはボケです。わざとです」

「余計タチが悪いではないかっ！　下らん！　帰らせて貰う！」

「お待ち下さい、信一さん。あと三十分もお時間を頂ければ、この一連の――」

「無限ループする気も無いわ！　もういい！　勝手に帰るぞ！」

「犯人は貴方《あなた》です、信一さん」

「どういうタイミングでの指摘《してき》かね！」

あまりに唐突《とうとつ》な犯人指名に、広間に集まった本堂家一同は愕然《がくぜん》とした。僕も例外ではない。いや、僕が一番愕然としていたぐらいであろう。

紅葉探偵の指摘に、信一氏は勿論《もちろん》、彼の妻であるところの本堂毬恵《まりえ》（四十九歳）も眼鏡《めがね》の金フレームを指で支《ささ》えながらヒステリックな声をあげた。

「冗談《じょうだん》ではありませんわ！　何を根拠《こんきょ》にそんなことを言いますの、この自称探偵ふぜいが！　名誉毀損《めいよきそん》で訴《うった》えますわよ！」

「ふふ……。まあまあ、そう興奮なさらずに。この濃縮《のうしゅく》ハバネロドリンクでも飲んで落ち着いて下さい」

「ええ……って、余計興奮させる気ですかっ！　もういいですわ！　あなた！　こんな小娘の話なんて聞く必要ありません！　帰りましょう！」

「ああ、全くその通りだ！　では失礼する！」

当主夫妻が怒《いか》りながら部屋を出て行こうとしてしまう。しかし紅葉探偵はそれにも動じず、不敵な笑みで何かをポケットから取り出し、夫妻に突きつけた。

「ふふ……これを見ても、まだ帰るなどと言えますかね」

『そ、それは⁉』

夫妻、そして広間に集まった一同に衝撃走る！　なんとそれは——

「この……私が人質《ひとじち》にとった、貴方がたの孫である本堂裕一郎《ゆういちろう》君（一歳と三ヶ月）の写真を見ても、まだ推理を聞かずに帰ると言えるのですかっ！」

『悪魔《あくま》かっ！』

夫妻どころか、広間に集まった一同全員からのツッコミだった！　当主の息子《むすこ》であり裕一郎君の父である本堂信介《しんすけ》（二十七歳）が動揺《どうよう》した様子で紅葉探偵に食ってかかる！

「ちょ、ちょっと！　俺達夫婦がここに呼び出されている間、あの子はベビーシッターに預かって貰っているハズですよ！」

彼の言葉に、妻である本堂洋子《ようこ》（二十五歳）も興奮気味に追従《ついじゅう》した。

「そ、そうですよ！　裕一郎が人質にとられるなんて、そんなことあるはず——」

「ふふ、甘いですね、お二人とも。そのベビーシッターが……最初から私の息のかかった人間だったとしたら、どうです？」

『な、なんですって⁉』

信介・洋子夫妻が青ざめていた。紅葉探偵は悪辣《あくらつ》な笑みで全員を見渡《みわた》す。

「そんなわけで、当主様にとって可愛い孫である裕一郎君は既《すで》に私の手中にあります。無事に返して欲しければ、全員私の推理をちゃんと聞きなさい」

「く……。わ、私がそれでもこのまま帰ると言えば、孫はどうなるというのかね！」

「ふ……聞きますか、それを」

「な……何をするつもりなんですの！」

必死な形相《ぎょうそう》の祖父・祖母。そして青ざめた両親の顔をそれぞれ眺《なが》め……紅葉探偵は、ニタァと笑みを浮《う》かべた。

「これでもかというほど甘やかしに甘やかして、両親や親族からの今後の扱《あつか》いに対するハードルをぐーんとあげてから、こちらに返すことになります」

『いやぁあああああああああああああああああああああああああ！』

本堂家絶叫《ぜっきょう》だった！　あまりの所業に、僕はとうとう自分の立場も顧《かえり》みず口を出す！

「なんてことを！　貴女《あなた》はそれでも探偵ですかっ！　最早《もはや》、やっていることは犯罪だ！」

「あら、本堂家お手伝いの三浦俊介《みうらしゅんすけ》さん（二十二歳）。確かに貴方の言う通りです。これは確かにやりすぎです。しかし……だからなんだというのですか！」

「ひ、開き直りだと⁉」

「大きな犯罪を解決するために、小さな犯罪を用《もち》いることとの、何がいけないというのですか。それはさながら、高層ビルの建築方法。大きなクレーンを降ろすために小さなクレーンを用いるのと同じことなのです」

「いや絶対違《ちが》うと思います！　そういう問題ではないと思います！」

「ガタガタと五月蠅《うるさ》い方ですね。あんまり私にたてつくようだと、ベビーシッターに連絡《れんらく》して、裕一郎君をふっかふかの高級ベッドに寝《ね》かせてしまいますよ？」

「いやぁあああああ！　裕一郎！　裕一郎ぉおおおおおおお！」

母である洋子さんが泣き崩れてしまった！　それを隣《となり》で支える夫の信介さんがこちらを見て首を横に振《ふ》ったので、僕は、拳《こぶし》を握《にぎ》りながらも一歩引いた。他の一族もまた、裕一郎君のために……いや、今後の子育てのために従うことを決心したようだ。

それを満足げに見守った紅葉探偵は、改めて、気持ちよさそうに推理を語り始めた。

「ではまず、第一の事件。本堂家三兄弟の次男であられる本堂二郎《じろう》氏（享年《きようねん》五十三歳）が密室で殺害された件についてです」

「！　主人を……うちの主人を殺した犯人が分かるんですか⁉」

本堂二郎の妻である本堂瑛子《えいこ》（三十二歳）が貴金属アクセサリをジャラジャラさせていち早く反応した。それに紅葉探偵は当然のように答える。

「ですから、兄の信一さんですって」

「あっさり！」

被害者《ひがいしや》の妻さえ戸惑《とまど》う端的《たんてき》な指摘だった。しかし、徐々《じよじよ》に気持ちが追いついてきたのか、瑛子さんは信一さんを睨《にら》み付ける。

「お義兄《にい》さんが……お義兄さんが主人を！」

「いやいや、瑛子さん誤解ですよ！　私が弟を殺すはずないでしょう！　こらっ、そこの自称探偵！　何をいい加減なことを言っておるのかね！」

「いい加減ではありません。全ては事実に裏打ちされた真実です」

「何を証拠《しょうこ》に！　そもそも、二郎の件は自殺ということで片付いたのではなかったのかね！　キミも言った通り、密室というやつだったんだろう、あいつの死んだ状況《じょうきょう》は！」

「そうです。部屋のドアと窓には鍵《かぎ》がかかり、そこで彼は首を吊《つ》っていました。しかし、あれはれっきとした殺人です！」

「だから、何を証拠に！　殺人だとして、どうやって密室を作ったというのかね！」

信一さんが苛立《いらだ》った様子で説明を求める。広間に集まった一同も固唾《かたず》を呑《の》んで見守る中
……紅葉探偵は、遂《つい》に、探偵としてその推理を披露《ひろう》した！

「……とりあえず密室の件はさておき、『犯人は』貴方なのです、信一さん！」

『（トリックの説明放棄《ほうき》しやがった！）』

一同に衝撃走る！　中でも僕の受けた衝撃は、それはそれは大きかった。

まさか……まさかとは思うが、この自称探偵、ノープランなのでは？

「さあ、では吐《は》いて貰いましょうか信一さん。密室のトリックを！」

「なんだねその犯人任《まか》せの詰《つ》めは！」

「ふ、口を滑《すべ》らせましたね信一さん！　私はこれを待ってたのです！……気付かないですか？　貴方は今自分で認めたのですよ、ご自身が犯人だということを——」

「そんなもん証拠にされてたまるか！　今のはただの売り言葉に買い言葉だ！」

「……往生際《おうじょうぎわ》が悪い犯人は嫌《きら》われますよ。視聴《しちょう》者に」

「何に気を遣《つか》っているのかねキミは！」

　紅葉探偵と信一さんが、殺人事件の討論とは思えない稚拙《ちせつ》な口論を繰《く》り広げる。

　そんな最中《さなか》、曖昧《あいまい》な理由で疑われた信一さんの妻、毬恵さんが年の割に甲高《かんだか》い声で喚《わめ》き散らした。

「さっきから貴女はなんですの！　黙《だま》って聞いていれば大した理由もなく主人を犯人犯人と……！」

「理由はあります。まず第一に……ビジュアル的に怪《あや》しい！　第二に、プロフィール的に怪しい！　そして第三に、心証が悪い！……さて、何か反論はありますか、奥さん」

「大いにありますわよ！　というか、むしろ疑われる根拠全然無いですわよねぇ⁉」

「奥さん、認めたくないのは分かりますが、いい加減、観念したらどうですか。貴方のご主人は……悪人顔だと！」

「人の主人を捕《つか》まえて何言ってますの⁉　とにかく、大した理由も無く疑うのは止《や》めて下さいな！」

「ならば逆に、大した理由も無く私の推理を疑うのも止めて貰《もら》いましょうか！」

「何を逆ギレなさってますの⁉　貴女の推理を疑う理由なんてたんまり――」

「さぁて、裕一郎君に子供用高級スイーツを与《あた》えてしまいましょうかね――」

「うちの主人は悪役商〇もびっくりの悪人顔ですわ」

「おい毬恵⁉」

「ごめんねあなた……倦怠《けんたい》期の夫と可愛い孫なら、迷わず孫をとらざるを得ませんわ！」

「く……！　裕一郎さえ……裕一郎さえ人質にとられてなければ、こんなっ！」

「ふふふ、皆《みな》さん！　本堂家連続殺人事件の成り行きは今、完全にこの私、紅葉知弦の手中にあるということをお忘れなく！」

紅葉探偵《たんてい》の笑い声が広間に木霊《こだま》し、本堂家一同はただただ唇《くちびる》を噛《か》む。……最早探偵自身が、真犯人より真犯人らしかった。

あまりに状況が状況なので、信一さんに代わって僕が口を出す。

「いい加減にして下さい、紅葉探偵。人を疑うのは……百歩譲《ひゃっぽゆず》って自由ですが、しかし、推理と言うならば、せめて密室の件に関して貴女なりの説明ぐらいなさったらどうですか」

「あら小賢《こざか》しいですね三浦さん。ああ、貴方《あなた》はあくまでお手伝い、血が繋《つな》がっていない裕一郎君の安否《あんぴ》はどうでもいいと、そういうことですか」

「そうじゃありません！　僕だってこの家に仕《つか》える者です！　坊《ぼっ》ちゃんの事は心配に決まっているでしょう！　しかし……それよりなにより、今は、貴女の暴挙が目に余るだけです！　いくらなんでも、全く何も説明しないというのは理不尽《りふじん》でしょう！」

「理不尽？」

そこで紅葉探偵は目を細め、今までとは違った真剣《しんけん》な表情で、厳《おごそ》かに、しかし激しい怒《ど》気《き》を孕《はら》ませて言葉を紡《つむ》ぐ。

「理不尽というならば……事件の被害者こそが一番理不尽な目にあっているとは思わないのですかっ！」

「っ⁉　そ、それは……」

「…………」

「…………」

広間に重たい沈黙《ちんもく》が……。

「……というわけで、信一さんが犯人です。さ、トリックの説明を」

「いや、ちょっと待って下さい。なんかいい台詞《せりふ》で若干《じゃっかん》空気持っていかれましたけど、やっぱり理不尽は理不尽ですから！　被害者がどうとかとは、全く別の話ですから！」

「はあ、これだから素人《しろうと》さんは。いいですか。いい台詞が出たら、とりあえずその流れに乗って締《し》めてしまうのが定石《じょうせき》というものでしょう。少なくとももうちの生徒会ではそうですよ」

「なんですか生徒会って！　連続殺人事件の話に学校のノリ持ち出されても！　遊びじゃないんですよ⁉」

「馬鹿《ばか》にしないで下さい！　生徒会だって遊びでやっているわけじゃないですよ！」

紅葉探偵の激しい剣幕《けんまく》に、僕は一瞬《いっしゅん》引きつる。う……確かに僕は生徒会を軽く見て——

「私達は日夜、番茶を飲んで駄弁《だべ》ってはボケたりツッコンだりゲームしたりラジオ聴《き》いたりと、大忙《おおいそが》しなんですよ！」

「そんなノリで本堂家の連続殺人事件に絡《から》むのはやめて頂きたい！」

「では逆にあの生徒会メンバーである私に真面目《まじめ》なノリを期待するのもやめて頂きたい！」

「何を開き直っているんですか⁉」

駄目《だめ》だ、なんか頭痛くなってきた。本堂家の面々も全員げんなりしていたが、しかし、坊ちゃんが人質《ひとじち》にとられている以上強硬《きょうこう》手段にも出られない。

……そもそもの話、誰《だれ》なんだこの人。なんかいつの間にかぬらっと事件に参加してきていたけど、実際関係者の誰も「女子高生探偵」なんてものに調査を依頼《いらい》などしていないらしい。だけど妙《みょう》に刑事《けいじ》さんと親しそうだったりするから、警察のツテなのかなと皆《みんな》理解していたのだけれど、いざ刑事さんに訊《たず》ねてみたところ……。

「いや、しょっちゅう事件で顔合わせるけど、警察は全く関係ないよ。ただ邪魔《じゃま》するわけでもないし、むしろあの子来ると直後に妙にあっさり事件解決したりするから、まあ一種の座敷童《ざしきわらし》的扱いで、うちも放置しているんだけど」

とか言われる始末。つまり、自分で女子高生探偵を名乗ってはいるが、彼女の素性《すじょう》は誰もよく知らないというわけだ。どうやら生徒会役員らしいという、どうでもいい情報はあるのだけれど。

その紅葉探偵は現在、どうやらようやく広間に広がる不穏《ふおん》な空気を察したようで、諦《あきら》めたように「分かりましたよ」と嘆息《たんそく》した。

「では推理してあげましょう、密室の件を」

「お願いします」

紅葉探偵は顎《あご》に手をやると、静かに黙考《もっこう》を始めた。…………。……いやいや。

「まさか今考えているんじゃ——」

「整いました」

「整いました!?」

「えー、密室とかけまして……」

「なぞかけじゃなくて、謎解《なぞと》きをして下さい!」

「分かりましたよ。えーと、そうですね。……うん、合い鍵《かぎ》あったんじゃないかしらね」

「テキトー!」

「というわけで信一さん、貴方が犯人――」

「いやいやいや、ちょっ、ちょっと待って下さいよ!」

「なんですか三浦さん、そんな大物司会者に紹介《しょうかい》を飛ばされたひな壇《だん》芸人みたいなリアクションして。不謹慎《ふきんしん》ですよ」

「貴女《あなた》に不謹慎とか――いや、そんなことより、今更《いまさら》合い鍵って!」

「二郎さんはこの邸宅《ていたく》の一室で殺されました。ということは、長男である信一さんは、部屋の鍵の一つぐらい持っていておかしくないでしょう。ということで信一さんが犯人です。Q.E.D.」

「いや全然証明終了《しゅうりょう》してませんから!」

僕の反論に、容疑者たる信一さんの息子《むすこ》である信介さんも便乗する!

「そうですよ！　合い鍵という話を持ち出すなら、父だけが容疑者ではないでしょう！　それにそもそも、あの部屋は鍵が一つしかなく、それも二郎さんのポケットに入っていたそうじゃないですか！　合い鍵が無いことは、警察も確認済みと聞きましたよ！」

「……盲点《もうてん》でした」

「盲点だったんですか⁉　こんな初歩情報が⁉」

「ではこうしましょう。合い鍵が、あったという『てい』で」

「『てい』⁉　そんな推理がありますか！　馬鹿にするのもいい加減にして下さい！」

「むしろ反論するのもいい加減にして下さい！」

「また逆ギレ⁉」

「はいはい、分かりました、合い鍵は無い。それでいいですよ、実はこっそり浮気《うわき》しているる本堂信介さん」

「⁉」

「ちょ……あなた！　どういうこと⁉」

「いや、洋子、これはその……」

本堂信介・洋子夫妻に無駄《むだ》な亀裂《きれつ》が入っていた。耐《た》えきれず僕は口を出す。

「なんで今サラッと推理に関係無い情報出したんですかっ！」

「自分、不器用ですから」

「タチ悪っ！　この探偵、タチ悪っ！」

ただの八つ当たりだった。ドSにも程がある。僕はいい加減腹が立って、ズバリ言ってやることにした。

「ああ、そういうことですか。紅葉探偵、結局貴女密室の謎《なぞ》は何一つ解《と》けていないのでしょう。そんな状況《じょうきょう》ならば、偉《えら》そうに事件の真相なんて語らないで下さい」

「ふ……さっきから聞いていれば密室密室と。それがなんだというのです！　密室の謎など解くより、犯人捕まえればそれで済むことではありませんか！」

「いやいや、だから順序がおかしいんですって！　なんでそこスルーして真実に辿《たど》り着《つ》けると思っているんですかっ！」

「はいはい、トリック説明すればいいんでしょ。……ええと……じゃあ、針金とかでピッキングしたんじゃないですか。はい、密室の件終わり」

「ええ!?　そんなテキトーな——」

と僕が反論しかけたところで。今まで沈黙を貫《つらぬ》いていた本堂家三男、本堂権三《ごんぞう》氏（五十歳・独身）が、頰《ほお》に刀傷の入ったいかつい顔をしかめて、ギロリとこちらを睨《ね》め付《つ》けた。

「ガタガタ言いなさんなや、あんちゃん。確かに嬢《じょう》ちゃんの言う通りやで。現実問題として、密室の構成方法なんぞになんの価値があるいうんや。そんなもんに主軸《しゅじく》置くんは、推理小説の中だけやっちゅうねん。ようは犯人さえ捕まえりゃそれでええんや」

流石《さすが》本堂家の財産には一切手をつけず起業、数年で大手飲食チェーンの社長に成り上がった権三氏。現実的なモノの見方をする。しかし、僕はそれでも納得いかなかった。

「いや、でも、だって、そこ無視して容疑者云々《うんぬん》は語れないと言いますか……」

「そんなん些末《さまつ》なことやないか。他の事件でも検証して、その結果犯人見つこうたら、それからこの事件についてでも吐《は》かせりゃええんちゃうんかい」

「や、そ、それはそうなんですが、その……」

僕の言葉が尻《しり》すぼみになる中、思わぬ加勢で調子に乗った紅葉探偵が胸を張って告げてきた。

「はい、針金針金。大概《たいがい》のトリックは針金でなんとかなります。詳《くわ》しくはその辺の推理小説参照。というわけで、密室の件は解決！」

「ええ!?　いや、ちょっと待って下さいよ！　具体的なこと曖昧《あいまい》にしたままでいいんですか!?　絶対良くないですよねぇ!?」

「ごちゃごちゃ五月蠅《うるさ》い人ですね。いいですか三浦さん。このご時世、密室トリックなんて小説やドラマを探せば無数に出てくるのですよ。それらのトリックを用《もち》いれば、大概の部屋、状況は密室に出来るというものでしょう。つまり……密室には最早《もはや》なんの価値も無い！」

「そんな馬鹿な！　具体的な密室トリックも分からないのに、自殺の線を捨《す》てて他殺前提で推理を進めていいというのですかっ！」

「まったく、さっきからごちゃごちゃしつこい人ですね、三浦さん。主役は貴方じゃないんですから、黙《だま》っててくれませんか。最早痛々しいですよ、貴方。そのウザさたるや、気合いが入りすぎて不自然な演技を繰《く》り出しているエキストラばりですよ。雑魚《ざこ》は雑魚、脇《わき》役《やく》は脇役らしくしていたらどうですか」

「どうして僕そこまで言われなきゃならないんですかっ！」

「ほら、周囲を見てみなさい。皆《みな》さんも、『もう第一の事件の話はいいよ……』という空気なの、気付きませんか？」

「うっ⁉」

言われてみれば、確かにそうだった。信一さん自身、当然疑われることに納得はいっていない様子だが、同時にこの件は粘《ねば》ってももう仕方ないと諦めてもいるようだ。むしろ、僕がごちゃごちゃ言って下らない問答が続くことの方が不快といったご様子。

僕は仕方なく、唇《くちびる》を噛《か》みしめ引き下がった。

「ふぅ、やれやれ。ようやく大人しくなりましたか。では、第二の事件に話を移します」

紅葉探偵《たんてい》が場を仕切る。しかし……僕はそれでもやはり……この場に居る誰より、納得いかない感情を抱《かか》えていた。

だって。

正直な話。

僕、犯人なんですけど。

…………。

「さて、信一さん、推理を聞く覚悟《かくご》はいいですか？」

「だから、私は犯人じゃないと言っているだろう」

僕がぼんやりしている間にも、紅葉探偵の推理ショーは第二の事件……僕の上司であり本堂家執事《しつじ》であった、鈴木幸之助《すずきこうのすけ》（享年《きようねん》六十歳）殺害の件に移っていた。

…………。

ええー。本当に？　本当に密室の件《くだり》あれで終わりなの？　え？　マジで？　本堂二郎を殺害する時に僕が駆使《くし》した、針とピアノ線と滑車《かつしや》、更《さら》に人の心理の盲点まで突《つ》いた空前絶後の密室トリックに関して、本気で全然触《ふ》れないで行く気なんですか？　その凄《すご》さ、偉大《いだい》さにもろくに気付かないで？　う、うーん……解かれても困るんだけど……うーん。

「さて、第二の事件ですが……」

「ちょ、ちょっと待って下さい、紅葉探偵」

僕は思わずもう一度噛み付いてしまった。紅葉探偵が、進行を阻害《そがい》する僕をゴミでも見るかのような目で見る。

「もう、なんですか三浦さん。生徒会シリーズはテンポが命なんですよ？」

「殺人の話よりテンポ重視ってなんですかっ！　いや、そんなことより、もうちょっと、せめてもうちょっと考えてみませんか、トリックについて！」

「ええ？　じゃあ……あれです。本堂家一同が部屋に踏《ふ》み込んだ時、犯人はドアの裏に隠《かく》れていて、背後《はいご》からなにくわぬ顔で合流したとか、そういう系」

「系⁉　系ってなんですかっ！　そんなざっくりした推理があってたまりますかっ！」

「なにが不満なんですか、三浦さん」

「ふ、不満といいますか……。いや、分からないトリックを、そんな軽い扱《あつか》いでスルーするのはいかがなものかと思い……ええと……せめて、分からないなら分からないなりに、『これは凄いトリックが使われているらしいぞ』という空気ぐらいあるべきといいますか」

「ふむ。まるでトリックを褒《ほ》めてほしいみたいな言いぐさですね」

「う。い、いや、そんなハズないじゃないですかっ！……もういいです。どうぞ、第二の事件へ」

「そうですか？　なら第二の事件ですが……」

ああ、僕が復讐《ふくしゅう》のために三年掛《か》けて練《ね》った斬新《ざんしん》かつ完璧《かんぺき》な密室トリックがっ！　いや自分が犯人とバレないためのトリックだから、これでいいんだけどっ！　いいんだけどさっ！　なんか違《ちが》う！　僕の思ってたのと違う！

僕が妙《みょう》なもやもやを感じている間にも、紅葉探偵は次の事件、鈴木幸之助殺害事件へと移っていた。

「さて、この家の執事である鈴木さんが殺されたこの事件のポイントは、ずばり、アリバイです」

「そらそうや。嬢ちゃん、悪いけどこの鈴木はんの事件も検証の余地ないで。実際、鈴木はんが殺された時、わいらは全員この家におったけぇのう。そして、彼が殺されたんは、ここから遠く離《はな》れた……車で飛ばしても往復二時間はかかる場所や」

権三さんの言葉に、信一さんも「そうだ」と便乗する。

「更に、各々《おのおの》の今までとられた証言から、殺害時刻前後にこの家から二時間も外に出ていた者はいないという結論になった。つまり、この家の者に……当然私も含《ふく》めて、鈴木を殺せる者はいなかったということだ」

事件の説明を聞き、僕はひっそりほくそ笑む。くくく……このアリバイトリックには、復讐のためにと裏バイトで溜《た》め込んだ大量の資金、そして膨大《ぼうだい》な労力をつぎ込んだ。おおよそ常人の発想で解くのは不可能。警察さえもこの事件に関しては「第三者による犯行の可能性が極《きわ》めて高い」と結論を出した程だ。

さあ、自称探偵《じしょうたんてい》の紅葉知弦。キミにこのトリックが解けるとでもいうのか——って、ん？　なんだ？　彼女、なんか妙な写真を一杯《いっぱい》テーブルに並べ始めたぞ——

「さあ、皆さん！　浮気、脱税《だつぜい》、軽犯罪、違法《いほう》取り立て、薬物依存《いぞん》、その他諸々《もろもろ》の貴方《あなた》がたの秘密をおさめた写真がここにあります！」

『！』

広間に集まった全員がテーブルを覗《のぞ》き込み、そして、一斉《いっせい》に顔を青くする。幸《さいわ》い僕の犯罪に関する写真はないようだが、しかしこれは一体——

「では……白状ターイム！　今から第二の事件に関する有力な情報を提供してくれた方には、その方の写真のネガを渡《わた》します！　自白、犯人の情報、トリックの説明、なんでもあり！　ただしネガ返却《へんきゃく》は情報の有力度トップ三名！　はい、スタート！」

『!?　!?　!?　!?　!?　!?』

全員が戸惑《とまど》い、お互《たが》いを見、そして直後……一斉に、紅葉探偵の元へと群がる！

「犯人！　犯人に関する情報あります！　義母《はは》の毬恵さんは鈴木さんと折り合いが悪かったです！」

「な、なにをおっしゃいますの洋子さん！　そういうことなら！　はい！　アリバイトリックに関しまして！　あの日権三さんは一時間少々姿が見えませんでしたわ！　急げば可能なんじゃありませんこと!?」

「なんやて!?　おうおう、そういうことならわいも言わせて貰《もら》うわ！　鈴木はんは、普通《ふつう》の執事とちゃう！　この家の者の後ろ暗い部分の世話までしてくれとったんや！　つまり、彼を殺す動機はうちの全員にあった言うて間違《まちが》いない！　さあ嬢ちゃん、ネガ渡し！」

「ちょ、権三さんそれ言うのは反則ではありませんか!?　そういうことなら……殺されたうちの主人、二郎は昔鈴木さんを使って女を一人──」

「ちょ、ちょっと皆さん、落ち着いて！　落ち着いて下さい！」

僕は慌《あわ》てて必死に本堂家の皆さんを落ち着かせようとするものの、全く効果は無かった。

紅葉探偵が不敵に微笑《ほほえ》む中、容疑者達自身から次々と有力情報が彼女に集まっていく！

な……なんだこれ……！　このままではトリック以外の線から足がつきかねないと、僕は焦《あせ》って紅葉探偵に抗議《こうぎ》する！

「な、なんなんですかこれは！　なにしているんですか貴女《あなた》！　こんなの……こんなの、脅迫《きょうはく》じゃないですかっ！　貴女それでも探偵ですかっ！」

「ええ、探偵らしい捜査《そうさ》方法だと思いますが。他人の弱みを握《にぎ》り、そこにつけこむ！」

「考え方が探偵より犯罪者寄りすぎでしょう貴女！」

「ああ……いいわぁ、愚民《ぐみん》どもが必死の形相《ぎょうそう》で私に取り入ろうとしている光景」

「性癖《せいへき》かっ！　なんて……なんてドS！」

「ドS探偵紅葉知弦とは、私のことよ」

「それ誇《ほこ》ることなんですか!?　と、とにかく、こんなやり方僕は認めない！　貴女は……貴女は間違っている！　悪魔《あくま》だ！」

言ってから、自分もガッツリ三人殺していることを思い出したが……なんか違う！　こいつの悪質さは、なんか人として違う気がする！

紅葉探偵は本堂家一同からたっぷりと情報を集めると、満足した微笑みを浮《う》かべて、全員に告げた。

「よし、もういいですよ。皆《みな》さんからの情報をもとに、大体のことは察しがつきました」

『ならネガを！』

全員からのギラついた視線を受け……紅葉探偵は、ニヤリと微笑む。

「皆さんからの情報は総合すると有力でしたが、個別にはイマイチだったので……ネガの返却はなしです！　お疲《つか》れ様《さま》でした」

『悪魔ぁ〜！』

あまりに惨《むご》い所業だった。全員がガックリと項垂《うなだ》れる中、紅葉探偵は推理を語る。

「皆さんから得られた情報を組み合わせた結果、『鈴木さんには殺される動機が沢山《たくさん》あった』『頑張《がんば》れば短時間で往復出来ないこともなさそう』ということが分かりました。よって！　信一さん！　やはり、貴方が犯人です！」

「え、ええー」

信一さんはすっかり疲れた表情で呆《あき》れていた。

僕は、彼に代わるように断固として抗議する！

「いやいやいやいや！　またですかっ！　また、アリバイトリックをスルーですかっ！」

「スルーじゃありません。『頑張ればなんとかなりそう』なので、最早《もはや》これは、アリバイトリックでさえありません。つまり！　解《と》く必要なし！」

「いやいやいやいやいや！　な、なんですかその斬新な論理！　そして『頑張る』ってどういうことですか！　ちゃんとその辺説明つけなきゃ駄目《だめ》でしょう！」

「その辺は警察の仕事よ」

「面倒《めんどう》なとこだけ警察任《まか》せ！」

「では、第三の事件……前当主、本堂源五郎《げんごろう》氏（享年《きょうねん》八十五歳）殺害事件ですが……」

「ちょっと待って下さいよ！　全然第二の事件片付いてませんから！　せめてトリック、分からないなら分からないと言って下さい！」

「失敬な。分からないんじゃありません。解かないだけです」

「解いて下さいよ！」

なにを言っているんだろうか僕は。段々自分の立場がよく分からなくなってきた。

「三浦さん。解けるからって、解かなきゃいけないということはないんですよ？　それ言い出したら、私はリーマン予想やホッジ予想等のミレニアム懸賞《けんしょう》問題を全部解かなきゃいけないじゃないですか。そんなのトータル三時間はかかりますよ。面倒臭《めんどうくさ》い」

「あんたどんだけ凄《すご》い頭脳を燻《くすぶ》らせてるんだよ！　っていうか、そんだけ頭良いなら、取り組みましょうよ密室トリックとアリバイトリック！」

「三浦さん。解に辿《たど》り着《つ》く方法は必ずしも一つではないはずです。トリックを解かずに、『偏見《へんけん》と勘《かん》と先入観』だけで犯人に辿り着いても、いいはずです」

「いやそれは駄目でしょう！　そのルートだけは絶対駄目でしょう！」

「…………。さて、第三の事件ですが」

「無視⁉　ついに無視ですか⁉」

物凄い方法で情報を急激に集めたかと思えば、一方で真犯人を完全無視とは、この探偵、出来るのか出来ないのか全然分からない！　なんなんだ！　そして二つのトリックに費やした僕の努力はなんだったんだ！

僕を含めて本堂家一同がすっかり疲労《ひろう》して意気消沈《いきしょうちん》する中、紅葉探偵は最後の事件を解説する。

「この事件は、本堂源五郎氏が白昼《はくちゅう》、この広間の前の庭で盆栽《ぼんさい》いじりをしていた際、皆さんの目の前で突如《とつじょ》として上空に浮き上がり、そして約二十メートルほど浮いた所で突然落下、首の骨を折って即死《そくし》されたという、本堂家連続殺人事件最後にして最大の魔術《まじゅつ》的不可能犯罪でした」

その解説に、僕は再びひっそりと胸を張る。これこそ……これこそ、僕が復讐《ふくしゅう》に費やした この十年で練りに練った、犯罪史上至高《しこう》のトリック！　最新の科学技術、マジック技術に心理トリック、更《さら》には一人二役トリックや遠隔《えんかく》操作トリックまで複合した、最早《もはや》一種の魔法《まほう》とさえ言って過言ではない唯一《ゆいいつ》無二の究極トリック！　この殺人の前には、紅葉探偵はおろか警察でさえ屈さざるをえまい！　これこそ……これこそ完全犯罪！

さあ、紅葉探偵よ！　このトリックに挑《いど》み、そして、完膚《かんぷ》無《な》きまでにうちのめされてしまえ――

「まあ事件の概要《がいよう》はさておき、動機的に前当主が邪魔《じゃま》だった信一さんが犯人で決定でしょう。結果として当主になられたわけですし。さ、これで私の推理は終わりです」

「ちょっと待てぇええええええええええええええええええええええい！」

僕は思わず絶叫《ぜっきょう》していた。紅葉探偵のみならず、本堂家全員が僕の大声に目をぱちくりする。しかし、僕は構わず続けた！

「さっきからなんなんですか貴女は！　そんなの、推理とは呼べないですよ！　貴女に探偵を名乗る資格はない！」

「だから言っているでしょう、探偵じゃなくて、ドS探偵です」

「どっちでもいいわ！　そもそも、そんな偏見と勘と先入観とあと脅迫で割りだした犯人や真相に、なんの価値があるっていうんですかっ！」

「犯人さえ捕《つか》まれば、トリック云々《うんぬん》に関しても解決するのだから、いいじゃないですか」

「よくないですよ！　そもそも、その方法で割りだした犯人が間違っていたら、どうにもならないでしょう！」

「大丈夫《だいじょうぶ》です。犯人ですよ、信一さん」

「だから、なんの根拠《こんきょ》があって！……ああ、もう！　犯人は信一さんじゃないです！　絶対！」

「それこそ、何の根拠があって言っているんですか？」

「なんの根拠って、そんなの僕が――い、いや、とにかく！　信一さんは違いますよ！　ねえ、信一さん！」

「あ、ああ……確かに違うが……」

戸惑《とまど》いながら返す信一さん。それを見て、紅葉探偵はなぜか嘆息《たんそく》した。

「分かりました。そこまで言うなら、三浦さん、貴方《あなた》の推理を聞かせて下さい」

「ぼ、僕の推理？」

「誰《だれ》が犯人だと思います？　そしてトリックは？」

「え。ええと……それは……」

口ごもる僕に対し、紅葉探偵は僕を完全に見下した視線で眺《なが》める。その顔には、ありありとドS特有の愉悦《ゆえつ》が顕《あらわ》れていた。

「……あら。偉《えら》そうにたてついてきた割には、大した考えもないのね」

「う、うぅ……」

「そうよ。最初からそうやって黙《だま》っていればいいの。脇役《わきやく》中の脇役、エキストラたる貴方にはそれがお似合い。はいはい、もう無理に事件に絡《から》もうと張り切らないでいいで——」

「な、なめないで下さい！」

「？」

僕は……僕は、いい加減ぶっつんと来て、思いっきり吐露《とろ》してやった！

「いいでしょう！　では推理してあげますよ、この事件のトリックを全て！　完膚無きまでに！　僕は……僕は貴女みたいな悪魔とは違うんですっ！」

「へぇ。それは見物《みもの》ね。……ま、エキストラがどこまで頑張れるか、幼稚《ようち》園《えん》のお遊戯《ゆうぎ》会《かい》を見るかの如《ごと》く、優しく見守ってあげましょうか皆さん。はい拍手《はくしゅ》。ぱちぱちぱち」

「っ！　ほ……吠《ほ》え面《づら》かかせてやんよ！　僕の見事なトリック解説でっ！」

　というわけで。

　僕は本堂家の面々が呆《ほう》ける中、第一の事件から、解説を始めてやった！

　それはもう丁寧《ていねい》に！

　細部まで！

　パーフェクトに！

　犯人の人となり、動機まで！

　全部！

　余すところなく！

　つまり！

「分かりました。つまり、犯人は貴方ですね、三浦俊介さん！」

　紅葉探偵に、さも自分が推理して見つけましたと言わんばかりのテンションで指を差され、色んな意味で僕が泣き崩《くず》れて……この事件は、あっさり終わってしまったのだった。

＊

翌日、朝、碧陽《へきよう》学園玄関《げんかん》にて。

「あ、知弦さん。うぃっす。早いっすね」

「あらキー君、土日ぶり。元気してた？」

杉崎鍵《すぎさきけん》が登校すると、珍《めずら》しく校門前で紅葉知弦にばったり会った。彼は上履《うわば》きを急いで履いて彼女に合流すると、二年と三年のクラス分岐点《ぶんきてん》まで一緒《いっしょ》に歩き出す。

「ええ、そりゃもう！　まあ、バイトに明け暮れてましたけどね。それこそ、知弦さんから紹介《しょうかい》して貰《もら》ったベビーシッターさんの補佐《ほさ》バイトとか。知弦さんは？」

「ん？」

「いや、土日なにしてたのかなって」

杉崎鍵の切り返しに、紅葉知弦は人差し指を顎《あご》に当てて何か思案していた。

「なにって……ん－、なにしてたかしら」

「覚えてないんですか？」

「というか『いつもの週末』だったから。特に印象に残らなかったっていうのかしら……」

「はぁ。そうなんですか。ちなみに、いつもの週末って？」

「ああ、趣味《しゅみ》に励《はげ》むだけよ」

「趣味？　どんな趣味ですか？」

彼のその質問に。

紅葉知弦は妖艶《ようえん》な笑みを浮《う》かべ、ちょっとした恍惚《こうこつ》さえ感じさせる表情で呟《つぶや》いた。

「焦《じ》らしプレイ」

「焦らしプレイ!?　なんですかそれ！　誰とやっているんですかっ！　男ですかっ！　俺以外の男がいるんですかっ、知弦さんっ！」

「さあ、どうかしらね。男の時もあれば、女の時もあるし……」

「取《と》っ替《か》え引っ替え!?」

「ええ。というか、取っ替え引っ替えにならざるをえないもの。一回これやったら、大概《たいがい》相手がしばらく会えない身になってしまうから……」

「どういうこと!?　そんな激しいプレイなんですか!?　やべぇ！　なんかワクワクが止まらねぇ！」

「まあ……キー君もそのうち機会があったらね」

「マジっすか！　楽しみにしておきます！」

「ええ。……私も楽しみにしているわ。…………うふふふふ」

こうして、それぞれの週末リフレッシュを経《へ》て、今週もまた碧陽学園が始まるのです。

【S級エスパー★宇宙守《うちゅうまもる》】

「守、クーラーのリモコン」

今日も今日とて姉が憮然《ぶぜん》とした表情でお腹《なか》を掻《か》きながらオレの部屋のドアをノックもなしに開け放った。

夏休みの昼下がり。

オレはベッドの上で漫画《まんが》に視線をやったまま、無駄《むだ》だとは思いつつも最低限の意思表示をしておく。

「んだよぉ、またかよ。リモコンぐらい、自分で探せよ」

「探したわよ。リモコンあると思ってた場所に手をやったら無かったわ」

「それ全然探したと言わねぇから！　ほら、どうせソファの隙間《すきま》にでもあるんだろうからさ、まず一回自分で探してみろって」

「いやよ、面倒臭《めんどうくさ》い。そういうのはアイドルじゃなくて警察の仕事でしょ」

「警察なめんな」

「じゃあやっぱり超能力《ちょうのうりょく》者の仕事じゃない」

　姉貴はいつものようにそう言い、さっさとその能力で探せと言わんばかりにオレを睨《にら》み付ける。それでもオレは、漫画がいいところだったのもあって、更《さら》に反論した。

「いや、超能力っつうのはもっとこうさ……大きな使命のために使うべきもんじゃねーかな」

「なるほど、一理あるわね」

「分かってくれたか、姉貴」

「守、ここからクーラーの温度2℃下げて」

「オレ自体をリモコン代わりにしようとすんなっ！」

「分かったわ、守。そうよね。今のは守のチカラを甘く見過ぎたわよね。姉、反省」

「ああ、分かってくれたらそれでい――」

「守、地球の温度を2℃下げて」

「規模でけぇよ！　オレの超能力に対する期待が大きすぎるよ！」

「全く、使えない弟だこと」

「その要求叶《かな》えられる弟はどこにもいねーと思う！」

「はぁ。とにかく、地球の温度下げることは出来ないのね？」

「何がどうして、出来ると期待したんだよ……」

もうこのやりとりが面倒《めんどう》になってきた。仕方ないのでオレはベッドから降り、姉貴の居たリビングに向かう。

「最初からそうすりゃいいのよ」

姉貴もオレの後ろからついてきた。さて、リモコン探すか。しかし……姉貴の期待通り、超能力で探すのも癪《しゃく》だな。オレは能力を使わずに周辺を探索《たんさく》し、案の定《じょう》ソファの隙間からリモコンを見つけて、温度を下げた。

クーラーから吐《は》き出される冷風を浴びながら、姉貴がソファにダイブする。

「はぁ、涼《すず》しいのぅ」

肩《かた》やらお腹やら太股《ふともも》やら果ては下着やらと、おおよそアイドルが露出《ろしゅつ》してはいけないだろうものをほぼ全て出し切る勢いで姉貴がだらけている。ちなみに、コイツの水着写真集が、一昨日《おととい》見たラン○王国で一位だった。世間と自分の価値観の乖離《かいり》を感じて仕方ない今日この頃《ごろ》だ。オレからすれば、「コレ」の半裸《はんら》に金を払《はら》うなんて……狂気《きょうき》の沙汰《さた》としか思えねーんだが。

「じゃあな、オレは部屋に戻《もど》るから」

「おう、ご苦労ご苦労」

こちらを見ることもなくプラプラ手を振《ふ》る姉。嘆息《たんそく》しつつ、オレは自分の部屋へと歩き出した。まったく、アイドルとしてのバイタリティは確かに尊敬するが、うちでのこの無気力さはなんとかならんもんかね——

「あ、守。ついでに雑誌とオヤツとアイスとジュース買って来て」

「なんのついでだっ！」

……ホント、なんとかならんもんかね、この姉は。

*

「そして、オレのこの性格もなんとかならんもんかね……」

結局姉貴に言われた通りの品を調達し終え、オレはコンビニを出た。真夏の太陽がギラギラと容赦《ようしゃ》なく照りつけ、アスファルト上の空間がユラユラと揺《ゆ》れている。

「……確かに、地球の温度を二度下げてやりたい気分だぜ」

当然そんな超能力なんかあるはずもねーが。

そもそも、周囲のヤッらはオレの超能力を特別視しすぎなんだよ。いや、微妙《びみょう》な精度だっつうことは伝わっているんだが、それでも、「特殊《とくしゅ》能力」だとは思われているようで。

実際オレ自身、一時期は自分が選ばれた人間なんじゃないかと勘違《かんちが》いもしたが、長年この能力と付き合うとよく分かる。使えない、と。

「せいぜい『勘《かん》がいい』ぐらいのレベルなんだよなぁ」

愚痴《ぐち》りながら炎天下《えんてんか》を歩く。しかし言ってから、更に訂正《ていせい》したくなった。オレの能力の精度の低さを考えると、勘がいい、でさえ言い過ぎかもしれない。確認出来ない未来予知、正確じゃないサイコメトリー等々に、どれほどの価値があるというのか。そういうのって、百発百中だからこそ、他人からもてはやされるんだろう。あてずっぽうなら誰《だれ》でも出来る。

それでも、この能力が確かに「ある」ってことだけは事実だ。そう結論付けられるぐらいには、そこそこ結果を出しちまっているわけで。結果として期待されたりいじられたりと、変な部分だけ能力者扱《あつか》い受けるわけで。

つまり。

「いらねぇよなぁ……実際」

いつもの結論に落ち着く。この能力によるメリットが無いとまでは言わねーし、オレも……その、調子に乗っちまうこともたまにあるけど、デメリットが多いのもまた事実だ。今のクラスこそネタにして笑ってくれる、気のいいヤツらばっかりだが、そりゃ過去にはわかりやすいイジメや偏見《へんけん》も経験済みなわけで。

実際オレ自身、オレを疎《うと》む気持ちが分からねぇじゃねーんだ。自分の心や過去を覗《のぞ》かれかねない人間。そんなの、もし立場が逆だったら、オレだって気持ちよく友達になれねーかもって思うし。勿論《もちろん》、オレは神様……いや、姉貴に誓《ちか》って、他人を傷付けるような能力の使い方はしてねーと断言出来るが。んなの、証明しようがねぇわけだし。

ってなわけで、孤立《こりつ》っつうほど如実《にょじつ》な状況《じょうきょう》でもないんだが、オレと周囲にはいつしか壁《かべ》が出来た。今にして思えば、後半はオレの方が気ぃ遣《つか》って距離《きょり》とってたっけな。

でも……碧陽《へきよう》学園で、オレは、出会っちまったんだ。オレの能力を知っても心から受け入れてくれ、それどころかオレのチカラを褒《ほ》めてさえくれ、それでいて失敗やしょぼい結果さえも笑いに変えてくれた……本当に、オレの全部をひっくるめて認めてくれた、家族以外では初めての女の子に――

「おっ？　守じゃねーか！　久しぶりだな！」

そうそう、こういう感じで常にハツラツとしていてフレンドリーな元気少女に――って。

「うぇ!?　み、深夏《みなつ》!?」

唐突《とうとつ》な想い人登場（しかも今まさに連想していた）に、思わず一歩引き下がる。

オレのリアクションが不満だったらしく、深夏はぷくっと頬《ほお》を膨《ふく》らませた。

「んだよ、あたし、そんなに驚《おどろ》かれるようなことしたか？」

拗《す》ねてる。……やべ、可愛い、可愛い、可愛い、可愛い、可愛い、超《ちょう》可愛い――

「おーい、守？」

「金の斧《おの》じゃねーです。普通《ふつう》の斧です」

「うん、なんであたしを女神だと思ってるのか知らんが、戻ってこい」

「ハッ！　い、いや、違《ちが》うんだ、深夏。これは……そう、あまりの暑さに怪《かい》電波受信して、頭が危ない状態だっただけなんだっつーの」

「お前はその言い訳で一体何を守ったんだ」

「よう、深夏じゃないか！　偶然《ぐうぜん》だな！」

「やり直しやがった！　まあいいけど。おう、偶然だな」

「…………」

「……………」

「ち、違う、ホントに偶然だからな！　ストーカーみたいなことはしてねぇし、超能力で行動読んだりとかもしてねーよ！　ホントのホントに偶然なんだって！」

「その言い訳の方がむしろ致命的《ちめいてき》だとは思わねーか？」

やべ、心構えなしに好きな女の子に出会っちまって、動揺《どうよう》している。落ち着け、オレ。これじゃまるで、あの某《ぼう》変態副会長みたいじゃねーか！

仕切り直そう。オレはコンビニの袋《ふくろ》を持ち直しつつ深夏に声をかけた。

「ほら、オレは姉貴の使いっ走りさせられてる途中《とちゅう》なんだ。深夏は、なにしてんだ？」

「ん？　あたしか？　あたしもお前と同じようなもんだ。妹に頼《たの》まれてさ」

ニカッと微笑《ほほえ》みながらレジ袋を掲《かか》げる深夏。……嬉《うれ》しいな、こいつもオレと同じ――


「ラオ○ャンロン狩《か》って、天鱗《てんりん》取ってきた」


「リアルで!?」

よく見れば、薄《うす》く透《す》けて見えるレジ袋の中身は奇妙《きみよう》な鱗《うろこ》形の物体だった！

「なんか本格的なコスプレ衣装作ってみようと思っているらしくてな」

「本格的すぎるだろうっ、妹さん！　っつうか本物はコスプレと言うのか!?」

あんまり面識は無いが、大人しい顔して凄《すご》い頼み事する子だ、深夏の妹さん……。

「んで、守はなに狩ってきたんだ？」

「『かってきた』の発音についてはさておき、オレは普通にコンビニ行ってジュースやおやつを買っただけだって……」

「そうか。ちゃんと、こんがり焼くんだぞ」

「焼かねぇよ！　なんか深夏とオレの生きている世界が大分遠く思えるんだがっ！」

「んなことねぇよ。いくらあたしだって、夏以外はモンスター見かけねーよ」

「そんなカブトムシレベルのエンカウント率じゃねぇからモンスター！」

「ああ、なるほど。皆《みんな》の目に触《ふ》れる前に、あたしが狩って剝《は》いで消えてしまうからか」

「この街の夏は深夏に守られてたのかよっ！」

「まあ、日夜超能力で宇宙を守ってくれているお前ほどじゃうくくく」

「せめて最後までボケてから笑ってくれねーかな！　馬鹿《ばか》にしかたが雑すぎる！」

なにゆえオレは姉貴にこき使われた挙げ句、街中でばったり出会った好きな女の子からこんな扱いを受けなければいけないのか。星座占《うらな》い程度のチカラでもあれば、こんな不運は避《さ》けられそうなものを！　ホント使えねぇなオレの超能力！

さっきボンヤリ考えていたこともあって本気で自分が不甲斐《ふがい》なくなってきたので、悔《くや》しくて、今更《いまさら》だが未来予知を試《こころ》みてみる。…………。

「ん？　どうした、守。おーい？　暑くて体調悪いのか？」

「ちょっと黙《だま》っててくれ、深夏。今、未来を見ているんだ」

「うん、相手があたしだからいいが、お前、事情知らないヤツから見たら相当危ない発言してるぞ」

「見えた！　森田○義がコーナー途中で唐突な共演者のファッションいじりっ！」

「うん、限りなく実現率の高い『い○とも』予告だと思う」

「そ、そうか！　ふ、どうやら今日のオレの未来予知は冴《さ》えているようだな！」

「あー……うん、まあ、お前がそれでいいなら、いいんじゃねーかな」

「そして来週は、晴れ間が差すぜ」

「どの地域の、どのタイミングでだよ。一週間ありゃ、そりゃどっかで晴れ間差すだろう。

そしてお前の受信しているのはやはりテレビの電波だ」

「とにかく深夏。……こ、こんなオレって、どう？」

傍《そば》にあった電柱に手をついて、歯をキラッとさせてみる。……キまった。

「え？　いや、まあ……どちらかといえば、ブ○ビアやアク○スの方が欲しいわ」

「液晶《えきしよう》テレビに負けた！　くそー、オレが地デジに対応さえしていりゃあ！」

「お前競う方向性それでいいのか？」

今日も今日とて深夏にフラれた。がっくりと肩を落とすオレに、「お前はいつも一体何と戦っているんだよ」と深夏が声をかけてくる。

落ち込んでいても仕方ない。っつうかいつものことだ。オレはあんまり深夏を引き止めて気持ち悪がられてもイヤなので、ここらで別れることにした。

「じゃあな、深夏。夏バテには気をつけろよ。あと妹さん、あんまり甘やかすなよ」

「お、おぅ。なんかお前に言われたくはねーけどな」

「なに言ってるんだ！　あんな姉を持つ弟だからこそっ、説得力あるんじゃねーか！」

凄い剣幕《けんまく》で言うオレに、深夏は若干《じゃっかん》ひきつりつつ背を向けた。

「お、おぅ。そ、そうだな。気をつけるよ、うん。次はちゃんと自分でラ○シャンロンと戦わせるよ」

「それはやめてくれ！　死者が出る！　そして本編との整合性がとれなくなる！」

「本編？　整合性？」

「ん？　今オレなんか言ったか？　ごめん、変な電波受信して口が勝手に動いた」

「そ、そうか。お前の超能力《ちょうのうりょく》、なんか大変だな。まあいいや。じゃあなー！」

深夏が手を振って駆《か》けだしていく。この暑い中、元気なヤツだ。……可愛いなぁ。

………。

「さて、オレも行くか」

深夏が完全に見えなくなるまでじっくりその後ろ姿を見守ってから、オレはようやく歩き出した。さっさと家に帰って物資を支給しないと、姉貴が怒《おこ》りそうだ。

少し早足で歩いて自宅付近まで行く。しかし、そこでオレは重大なことに気付いてしまった。

「そうだ、アイス買ってねぇーんだった」

姉貴の要求した雑誌が近所のコンビニになかったから少し遠出したんだが、そこでアイス買うと家までに溶《と》けそうだったから、やめておいたんだったぜ。危ない危ない。

オレは通り過ぎかけた近所のコンビニに入り、アイスコーナーへと向かう……途中でもう一つ見過ごしていたことがあったのに気付いたが、時既《すで》に遅《おそ》し。

「お、守じゃねーか？　またパシリか？」

「う、杉崎《すぎさき》……」

背後から声をかけられ振り向く。レジの中には、コンビニの制服を羽織《はお》った杉崎がニヤニヤとした様子で佇《たたず》んでいた。……このコンビニでコイツがバイトしていること、すっかり失念していたぜ。近所だから昔からここは使うんだが、コイツがバイトに入ってからというもの、出くわすと高確率でいじられるからイヤなんだよな……。

オレはとりあえず杉崎を無視してアイスを物色するが……。

「おいおい、守。アイスなんか、ずっと持ってたら溶けるんだから後にしろよ」

「長時間オレをいじる気満々かよ！」

「しゃーないだろ、お前も知っているだろうけど、結構暇《ひま》なんだよこのコンビニ」

「客来なくてもやることはいくらでもあるだろうが」

「堅《かた》いこと言うなよ。ほれ、ちこう寄れちこう寄れ」

「お前のセクハラ精神は最早《もはや》男にまで及《およ》ぶのかっ！」

最近うちのクラスに来た転校生……善樹《よしき》との関係を傍《はた》で見守っている時も思ったが、こいつあまりにモテなさすぎて、そろそろ性別の見境なくなってきたんじゃねーか？

身の危険を感じつつも、どーも昔から他人に何か言われたら愚痴《ぐち》りはしても拒否《きよひ》は出来ない性格のため、しぶしぶレジに近寄る。

杉崎は店内に客がいないことをいいことに、レジの傍《そば》にあった折りたたみ椅子《いす》に腰《こし》をかけ、足を組んで背もたれにぐったりと体重を預けていた。

「あー、疲《つか》れたー。守、コーヒー奢《おご》ってくれ。あ、缶《かん》のじゃなくて、カップの高いヤツな」

「なんでオレがそんなことしなけりゃいけねーんだよ。ざけんな」

流石《さすが》のオレでもそこまでの要求は聞けない。杉崎自身、半分冗談《じょうだん》だったようで、ぐちぐち言いながらも自分で棚《たな》から缶コーヒーを持って来て、自分の財布から金を出して精算して座り直した。プルタブを開け、一息に呷《あお》る。

「……お前さ、ホントバイト中にやることじゃねーぞ、それ」

オレのマジな指摘《してき》に、杉崎はコーヒーを一気に飲み干してから、答えてきた。

「あー、すまん、ちょっと見逃《みのが》してくれ守。いつもは二人体制なんだけど、今日は急遽《きゅうきょ》相方これなくなって、さっきまですげー忙《いそが》しかったんだ。そこにきて、この時間帯は客も来ない上、慢性睡眠不足《まんせいすいみんぶそく》の俺は眠《ねむ》くて仕方なかったところにお前って感じでさ。だからこれ、自主休憩《きゅうけい》&カフェイン摂取《せっしゅ》。十分でいいから、一緒《いっしょ》に休んでくれよ」

そう言ってニカッと笑うコイツに……忙しいアイドル業の合間にだらけていた姉貴が重なって、思わずぷいとそっぽを向く。……やっぱりコイツは苦手だ。姉貴と同じで……同級生のはずなのに、なんだか自分よりずっと先を行っている気がする。

話題を逸《そ》らすために、オレはついさっき深夏に会ったことを告げてやった。

「え!? マジで!? くっそ、いいなぁ！　そこまで来てたなら、なんでうちのコンビニまで来てくれねーんだよ、アイツは！」

オレの報告に、杉崎は地団駄《じだんだ》を踏《ふ》んでいた。ふふん……いい気分だ。深夏とちょっと喋《しゃべ》ることが出来た分、恋敵《こいがたき》より一歩リードだぜっ。

「くっそ……今のうちに来てくれれば、客もいないし、店内でエロいこと出来たのにっ！」

「狙《ねら》いのデカさがパネェ！」

オレと違《ちが》って相変わらず極大ホームラン狙いの男だった。なんだか張り合うのも馬鹿らしくなってくる。恋敵だと思いつつも結局こいつとそれなりに付き合えてしまっているのは、こういう価値観が完全にずれているせいかもしれない。争っている気がしねーんだよな。同じ目的地に向かっているはずなのに、それぞれ別ルートで別手段な感じっつうのか。

「なんか、妹さんに頼まれて狩りに出てたらしいぜ、深夏」

「真冬《まふゆ》ちゃんに頼まれて狩り？　んー、夏休み中も相変わらずだなぁ、あの姉妹は」

杉崎はオレと違って妹さんとも交流あるせいか、なんだかしみじみ納得していた。

「で、お前は何を狩りに出てきたんだ、守」

「オレまで生徒会の異常な世界観に巻き込むの止《や》めて貰《もら》えるか」

「え、狩りじゃねぇの？」

「お前ら生徒会は一回自分達の常識を見つめ直すべきだと思うぜ。普通《ふつう》に買い物だよ」

「マジで？　ギャグ小説なのに⁉」

「なんでリアル日常でボケ行動取らなきゃならねーんだよっ！」

最近、本気でうちの生徒会は方向性を見失っていると思う。オレはこの際だから、きちんと言わせて貰うことにした。

「あのな、オレの今日の行動なんて、朝起きてメシ食って漫画《まんが》読んでアイドルにこき使われて地球の温度を2℃下げさせられかけてパシらされて狩り帰りのクラスメイトに会って未来予知してコンビニで店員に絡《から》まれただけだっつーの」

「後半充分一般人《じゅうぶんいっぱんじん》じゃねえ！」

「あれ？」

オレ、何か間違《まちが》ったただろうか。まあとにかく言いたいことは……。

「つまり、オレはお前等《ら》みたいな歩くボケ存在と違って、極《きわ》めて一般的な超能力者だっつう話だ」

「いやいやいや、誰《だれ》が一番異端《いたん》かと言ったら、ダントツでお前だと俺は思う！」

なんか不本意なこと言われた。

そうしてオレと杉崎があーだこーだといつもの不毛な口ゲンカ（オレいじりとも言う）を繰《く》り広げていると、タイミングの悪いことに客が来たらしく、コンビニのドアが開いて外の音が流れ込んできた。

杉崎が慌《あわ》ててオレを押しのけ、立ち上がって客に挨拶《あいさつ》をする。

「いらっしゃいま――」

オレも客の方を振《ふ》り返る。と、そこに居たのは……コンビニに一人で入ってくるには不自然な、幼稚園《ようちえん》か小学校低学年ぐらいの女の子。しかもなぜか涙《なみだ》をボロボロ流してしゃくりあげている。

「――せ？」

杉崎の挨拶が尻《しり》すぼみになる。一度オレと杉崎は顔を見合わせ、とりあえず、彼女の近くに居たオレがしゃがんで声をかけてやった。

「どうした？　お母さんは？」

「うぇっ……ひっく……ひっく。あの……。……！　うぇえええええん！」

「ど、どうした？　オレの顔になにか――」

「変なお兄さんキタ――――！　うわぁ――――ん！」

「微妙《びみょう》にネット用語っぽく泣いた！　え、いや、オレ、別に怪《あや》しくねーって」

「ぐす……うぅ、ほ、ホントですか？」

「ああ、ホントホント」

オレはなんとかこの幼女を落ち着かせるため、少し罪悪感はあったがぽんぽんと頭を撫《な》でると同時に、サイコメトリー＆マインドリーディングの複合技《わざ》を使用して少しだけ情報を引き出させてもらった。

「うんうん、安心していいぜ、マリナ。あ、そうそう、オレも『プリ○ュア』は好きだぜ、うん」

「う……うわーん！　大きいお友達のストーカーさんでしたぁ――――！」

「あっれ!?　い、いやちげーって！　今のはストーキングで調べたんじゃなくて、こうな、

お兄ちゃんの手から発せられるミラクル不思議パワーでだな――」

手をわきわきさせてみる。瞬間《しゅんかん》、幼女……マリナの顔が、恐怖《きょうふ》に歪《ゆが》んだ！

「うわぁあああああん！　おかあさぁああああああああああん！」

「どけっ。今のお前は全世界怪しい人物選手権でダントツ優勝出来る勢いだ！」

「あぅ」

いつの間にかレジから回り込んできていた杉崎に押しのけられてしまった。しゃがみこんだまま脇《わき》でいじけていると、オレに代わって杉崎が女の子の前に立つ。

「こういう幼女は俺に任《まか》せとけよ。こう見えて俺、幼女だけにはモテるんだ」

「なんだろう、あんまり羨《うらや》ましくねぇどころか、なんか若干《じゃっかん》引いたわ」

「ひがみはみっともないぞ、守よ。……こほん。マリナちゃん？　キミどこから来――」

「まもるお兄さん！　あのね、私ね、迷子になっちゃったんです！」

「…………」

杉崎に接触《せっしょく》された途端《とたん》、幼女はオレの方に駆《か》けてきてハツラツと喋り出した。……どうやら、子供には邪悪《じゃあく》な人間を機敏《きびん》に察知する能力があるようだ。今度は杉崎がガックリと床《ゆか》に手をついて落ち込んでいる。……まあオレはオレで、なんか消去法で仕方なく選ばれた感があるため、すげぇ微妙な気分だ。

まあいつまでも落ち込んでいても仕方ない。オレは改めて、この妙《みょう》にシビアな価値観を持つ幼女に向き直った。

「そっか、迷子か。家族の人とはぐれたのか？」

「うん……気付いたら、シーナが居なかったんです」

「椎名《しいな》？」

その言葉に一瞬《いっしゅん》ドキッとするも、家族の人間を名字で呼ぶはずないかと、気をとりなおす。

「えーと、シーナってのは、お母さん？」

「え？　ううん、シーナはシーナですよ」

なんだか子供の言うことは要領を得ない。杉崎がオレに目配せしてきたので、まあああまりお互《たが》いの了承《りょうしょう》無しってのは気が進まないんだが、もう一度超能力《ちょうのうりょく》を働かせてみた。

幼女……マリナの、今「シーナ」を思い浮《う》かべているであろう頭の中を軽く覗《のぞ》かせて貰う。

すると、母親というにはかなり若く見える、眼鏡《めがね》をかけた温かい雰囲気《ふんいき》の美人女性、シーナという言葉、そして「お母さん」という感情が一緒くたになって伝わってきた。とりあえず、杉崎だけに伝わるよう、目配せで「シーナという人が母親みたいだ」と伝える。

……不本意ながら、こういうトラブル時は、コイツと相性《あいしょう》がいい。昔姉貴が失踪《しっそう》した時もそうだった。

オレはマリナの頭を撫でながら、質問を再開する。

「じゃあ、そのシーナさんとはぐれちゃったんだね？」

「うん、そうなの」

「状況《じょうきょう》を詳《くわ》しく教えてくれる？」

「ぐす……えっとね……私、しののめまりな、六歳、小学一年生は、現在怪しいおにーさん二名に囲まれて、大ピンチなのでした。さてどうなる！」

「いや今の状況じゃなくてね。っていうかマリナ的にそんな認識なのかよっ」

「う……うぇえええええええん！　シーナぁぁあああああ！」

「ああっ、ごめんごめん！」

なんか大人な言葉遣《ことばづか》いと子供の心との落差が極めて激しい子だった。

杉崎がこほんこほん咳払《せきばら》いをして割って入ってくる。

「おいおい守、わかっちゃいねぇなぁ。あのな、いくらませてても相手は子供なんだから、ちゃんと子供目線で相手してやんなきゃ――」

「うわぁあああああん！　目がにごってて気持ち悪いぃいいいいいいいいいい！」

「あ、なんかすいませんでした……」

杉崎、幼女にガチで頭を下げ、本気で凹《へこ》むの図。……こいつの男としての威厳《いげん》って、もう何も残されてない気がする。

とぼとぼと背中を丸めて妙に哀愁《あいしゅう》を漂《ただよ》わせながらレジに戻《もど》る杉崎を尻目《しりめ》に、マリナちゃんがまた目をうるっとさせてオレを見て、たどたどしくも状況を説明してくれた。

正直大して得られた情報は多くなかったが、それでも話しているうちにマリナが落ち着いてきたのは収穫《しゅうかく》だった。

「……そんなわけで、私、迷子になっちゃったのです……くすん」

「あ、そ、そうなんだ。マリナ、喋《しゃべ》り方も大人だし、結構しっかりしてそうなのにね」

「なにぶん私、子供ですから」

高○健テイストで言われてしまった。この幼女は時折妙に渋《しぶ》く、そしてシビアだ。

とりあえず彼女の話を聞く限り、ここの周辺で迷子になって、目についたこのコンビニに入ったという経緯《けいい》のようだった。

オレはマリナの頭を撫でつつ、その場から立ち上がる。

「じゃあ杉崎、オレ、ちょっとこの子の母親捜《さが》してくるわ」

「ん、そうか？　まあ、それがいいか。じゃあ俺はどうせバイトあるし、母親来るかもしれないからここで待ってるよ。あんまりに手に負えないようだったら、戻って来て警察連《れん》絡《らく》ということで」

「オッケオッケ。じゃ、マリナ、行くぜ」

「はい、怪しいお兄さんについていくのは不本意ですけど、背に腹はかえられませんしね」

「随分難《ずいぶんむずか》しい言い回し知ってんだな……」

そして相変わらずシビアだなおい。

オレは若干出端《でばな》をくじかれつつも、マリナの手を引いてコンビニを後にした。

「マリナ、どこでそのシーナさんとはぐれちゃったかとか、覚えてねーかな？」

質問すると、マリナは「んー」と唇《くちびる》に指を当てて可愛らしく考え出した。

「んー……そんなの覚えてたら、私迷子になってないと思います」

「ですよねっ！」

相変わらず妙なところでシビアな子供だった。その割にはすぐ泣くし取り乱すから、大人ってわけでもないんだが……親の教育がアレなのだろうか。

しかし困ったな。本人の記憶《きおく》にないんじゃ、オレの能力で情報を掘《ほ》り出すことも出来ねぇ。物の記憶を辿《たど》るサイコメトリーも、ジャストで狙《ねら》った情報とれるわけじゃねーしな。

能力がただでさえ微妙なんだから、不正確な情報に惑《まど》わされる可能性大だ。

マリナをぼんやり見ていると、ふと、ポシェットにネームタグがついているのが見えた。

東雲真莉菜《しののめまりな》。

ふむ、漢字ではこう書くのか、真莉菜。

ただ、学校に持っていくものなどではないようで、住所もなければ連絡先もない。ただ名前が書いてあるだけのようだ。自分がちょっとした超能力者だということを説明して、真莉菜に若干引かれつつも了承を取り、念のためサイコメトリーをかけてみる。

「……むむっ！　シーナさんが名前を書いているのが見える……」

閉じた瞼《まぶた》の裏にぼんやりと浮かぶ、真莉菜に似た優しそうな美人女性の姿。

「あ、これ、シーナが書いてくれたから！」

「そして……むむっ！　このネームタグの製造工程が見える！　なんと社員手作業！　あっ！　端《はし》っこのパートのおばさんがさぼってる！」

「えっと、そこまで見える必要はあるのかな……」

真莉菜にツッコマれてしまった。オレはネームタグから手を離《はな》す。

「仕方ない……こうなったら、あまり得意じゃねーが、ダウジングやってみっか」

オレはいつもサイフに入れっぱなしになっているミニミニダウジング棒を取り出した。

「……ガンバ、お兄さん」

「真莉菜、なんで距離《きょり》をとるのかな。キミのためにやるんだから、他人のフリすんなよっ！」

「……うん。ホントガンバって、お兄さん。私、今、凄《すご》くシーナに会いたいよ！」

「その気持ちの動機がなんなのかは訊《き》かねーかんな！　よし……やるぞ！」

オレはダウジング棒を構えると、念を込め始めた。

「……こっくりさん、こっくりさん。シーナさんの場所をお教え下さい」

「お兄さん、それダウジングちゃう」

何故《なぜ》か関西弁ツッコミだった。オレは「細けぇこたぁいいんだよ」とダウジング棒ごと手を振《ふ》る。

「超能力だろうが霊体《れいたい》だろうが精霊《せいれい》だろうが、使えるもんは使っときゃいーんだよ」

「た、逞《たくま》しいね」

オレは真莉菜に微妙《びみょう》な距離から見守られつつ、ダウジング棒の指《さ》し示す方向へと歩く。

しばし指示にしたがって歩いていると、近くのスーパーの中へと棒が反応を示した。

「ここか……」

「お、お兄さん、えと、買い物はもう終わってるから、ここにシーナはいないと思う」

「え？　いや、でも、オレの超能力はここを指し示しているし、一応中を調べ——」

「よぉっ、守じゃねーか！　また会うなんて奇遇《きぐう》だなっ！」

狩《か》りぐらしのミナッッティが現われた。

「うっし、真莉菜、他行こうか」

「無視!?　おい、守、なんであたしを無視なんだよ！」

……。……あれ、おかしいな、普段《ふだん》ならオレのテンションをマックスまで引き上げる人物に会ったというのに、今回は驚《おどろ》く程冷めてるわ。それもこれも……。

「お兄さん？」

「ごめん、真莉菜、凡《ぼん》ミスだ。凡ミスの方のシーナに出会っちまった」

「なんだそれ!?　なんであたしを凡ミス扱《あつか》い!?」

「私のシーナは、こんな乱暴そうじゃない……。そっか、凡ミスなら仕方ないよね……」

「なんか見知らぬ幼女にまで凡ミス言われたっ！　なんなんだよっ！」

なんか深夏がキレている。正直今は面倒《めんどう》だな……かといって嫌《きら》われたくもないし……。

よし。

「落ち着け深夏。とりあえず、まあ、なんだ。杉崎が悪い」

「そうか、なるほどな、それですべて合点《がてん》がいったぜ」

「いくんだっ！」

真莉菜がびっくりしていたが、そうしている間にも深夏はダッシュで杉崎の働くコンビニの方へと去って行ってしまった。……すまん杉崎、緊急《きんきゅう》事態だ、許せ。ほら……お前も、深夏に会いたいって言ってたじゃねーか。うん、優しいなオレ。

それはさておき、捜査《そうさ》が行《ゆ》き詰《づ》まっちまった。

「しゃーねー。ダウジングは中止だ真莉菜。こっくりさん、マジ使えねぇ」

「ダウジング棒に降ろされた挙げ句その扱いなこっくりさんが可哀想《かわいそう》だよ……」

「こうなったらテレパシーやるかテレパシー。ケータイが普及《ふきゅう》したこの時代、どんどん不要になってきた感のあるテレパシーだ」

「どうしてお兄さんは、そう希望を削《そ》ぐような言い方をするんだろうね」

オレはシーナさんと交信するため、関係者である真莉菜の肩《かた》に手を置いて、念じる。

「……むむむ……なかなか繋《つな》がらねーな……圏外《けんがい》なのかな……」

「テレパシーに圏外とかあるんだ」

「…………ゆさゆさ」

「私を振っても電波感度は上がらないと思いますっ！　ってわわっ、お兄さん、なんで急に肩車するんですかっ！　そういう問題なんですか⁉……………。……わーい！」

文句を言いつつも、しかし真莉菜はしっかりはしゃいでいた。やはり子供は子供だ。

「お、繋がったぞ、真莉菜」

「え、ホントですかお兄さん！　じゃあじゃあ、シーナにここに来て貰《もら》って下さい！」

「任《まか》せとけ！　ふむふむ。……あ、どうも、初めまして。はい、宇宙守と言います」

「ホントに電話みたい……一人で喋ってる……」

「はい、はい。……え？　あ、はい、そうなんですよ。あれは残念でしたね。あなたの予想、外れてしまいましたもんね」

「予想外れる？　あ、シーナも私のこと捜《さが》してくれていて——」

「ええ、恐怖《きょうふ》の大王、降ってきませんでしたもんね」

「誰《だれ》と喋ってるの⁉　お兄さん⁉」

「あ、はい、ではお待ちしております〜」

「いやいや、待ってないよ！　私、その人のことは全然待ってないよ！」

「うっし！　良かったな、真莉菜！　迎《むか》えに来てくれるってさ、ダムスさん！」

「ダムスさん⁉　誰呼んでるの⁉　こ、怖《こわ》いよっ！　呼ばなくていいよその人！」

「そうなのか？　しゃーねーな、お帰り頂くか……。お、ダムスさん！　やっぱいいって！」

「お兄さん誰と喋ってるの⁉　そこに誰かいるの⁉」

「ふぅ、ダムスさん、寂《さび》しそうに帰っていったぞ。お前多少気ぃ遣《つか》えよ、あの人1999年以降すっかり自信失ってんだから」

「そ、そうなんだ。なんか悪いことしたような……全然してないような……」

「お、ところで真莉菜、シーナはどうした？」

「私が訊きたいですよっ！　ふぇぇぇ！」

やべ、真莉菜遂《つい》に泣き出してしまった。ここまでか。くそぅ……こうなったら！

というわけで、テレパシー作戦も失敗した。

「真莉菜！　最終手段だっ！　普通《ふつう》に捜すぞ！」

「最初からそれで良かったのにぃぃっ！」

相変わらずオレの超能力《ちょうのうりょく》は微妙すぎるらしかった。

＊

「ふぅ、ふぅ……」

しばらくアテもなくコンビニ周辺を歩いたが、まあ当然のようにシーナは見つからない。

真莉菜はすっかり歩き疲《つか》れ、なにより精神力が消耗《しょうもう》してしまっているようだった。最早《もはや》泣きさえもしない。

「大丈夫《だいじょうぶ》か真莉菜？　また肩車すっか？」

「ううん……いい。シーナ、捜す……」

「そっか……」

ちょっと意地にさえなっているようだ。……ここは一旦《いったん》、コンビニへ引き返すか……。

「……シーナぁ……」

「………」

オレは真莉菜の不安そうな顔をちらりと見て、それから「んっ」とわざとらしく気合いを入れた。真莉菜が不思議そうにオレを見上げる。

「？　お兄さん？」

「むむむ……ん、見えたぞ！　シーナさんをオレが見付けて、真莉菜が喜ぶ光景が！」

「い、いいよそんなの……お兄さんの超能力が微妙なの、もう知ってるし……。………ごめんね、もういいよ、私、警察さんに――」

「いいや、真莉菜。これは絶対だ。絶対当たる。なんせ、オレは最後まで真莉菜に付き合うって決意しちまってるからな。オレの超能力がいかに微妙だろうと、これは当たらざるを得ないぜ」

「お兄さん……」

少し元気が出た様子の真莉菜に、オレはニッと笑いかけ、そして仕切り直す。

「うっし！　んじゃ、もう一回りシーナさん捜したら、一回コンビニ戻《もど》るかっ！」

「うん！　にごった目のお兄さんいるけどそこは仕方な――」

真莉菜が何かを言いかけて、途中《とちゅう》で言葉を止める。真莉菜の視線がオレに向いておらず、何かを一心に眺《なが》めている。オレはその視線の先を追いかけ、道路を挟《はさ》んだ反対側の歩道へと目をやり、そして――。

「シーナだ！」

真莉菜の声と共に、遠目だが超能力で見たのと同じ雰囲気《ふんいき》の女性を見付けた。彼女もまた周囲をキョロキョロと不安そうに眺め回しており、真莉菜が声をあげるとこちらに視線を定め、遠くからでも分かるほどの安堵《あんど》の表情を覗《のぞ》かせた。

「真莉菜！」

「シーナ！」

少し周囲に迷惑《めいわく》なぐらいの大声を出しお互《たが》いを呼び合う。とはいえこの辺にオレ達以外の歩行者はいなかったので、まあいいだろう。お互い道路を挟んで手を振り合い、真莉菜は周囲を見渡《みわた》すと、今までの疲れはどこへやら、少し離《はな》れた先の横断歩道へと走っていった。オレも慌《あわ》ててその背を追いつつ声をかける。

「おいっ、車にはちゃんと——」

「分かってますっ！」

真莉菜はそう返し、きちんと信号を見て横断歩道前で停止した。分かっちゃいたが、しっかりした子だ。オレも傍《そば》まで駆《か》けつけると、横断歩道の先にはシーナさんも到着《とうちゃく》していた。ようやくこれで一段落だ。

車道の信号が赤になり、横断歩道の信号が青になる。真莉菜はきちんと周囲を確認してから、ダッと待ちきれない様子で横断歩道へと駆け出し——


〈減速していたはずの青い車が突如《とつじょ》、急加速〉


瞬間《しゅんかん》、頭の中に鮮明《せんめい》な映像が流れ込む。何だ。何だこ——未来視。危険感知。そう認識するまで一秒ほどかかり、オレは一瞬立ちすくんでしまった。

そして悟《さと》る。今の間《ま》は致命的《ちめいてき》だったと。

気付いた時には全身が総毛立ち、一目散《いちもくさん》に駆け出す！

ヤベェヤベェヤベェヤベェヤベェヤベェ！

　自分で発動させた未来予知じゃなかっただけに、反応が完全に遅《おく》れていた。昔からこういうことが何度かはあったはずなのにっ！　自分や身の回りのものに重大な危機が迫《せま》った時、体が勝手に能力を発動させる事態。

　真莉菜の背を、ガムシャラに追う。真莉菜も、シーナさんでさえも、まだ車の異常には気付いていないようだった。当たり前だ。あんなの、予想出来るもんじゃねえ。罠《わな》みたいな動きだ。居眠《いねむ》り運転か何かなのだろうが、運転手を殴《なぐ》り飛ばしてやりたい衝動《しょうどう》に駆られる。事故るなら一人で事故りやがれ！

「(くっそ、間に合う気がしねぇ！)」

　まるで悪夢の中のようだ。意識に体の速度がついてこない。

　なんで……。

　なんでオレの超能力は、いっつもこうなんだ！　肝心《かんじん》な時になんの役にも立たねぇ！

　いや、いっそ、無いなら無い方がずっと良かった！

　何も知らずにいられたら、オレは……オレは、こんな無力感にうちひしがれることも、なかったたっつうのに！

　遂に現実で車が加速を強め、真莉菜にその標的を定める。横断歩道の先で待つシーナさんの表情が変わるのまで、見えた。

………やっぱオレは、オレの能力は、本当にどうしようも……。………。

ちくしょう、超能力が微妙《びみょう》なのがなんだっ！　諦《あきら》められるかよっ！　もしこれが深夏や
……ムカツクけどあの杉崎だったら、んなことで諦めるかよっ！　クソッタレがっ！

届け、届け、届け、届け、届け、届け、届け、届け、届け、届け、届け、届け、届けよっ！

瞬間。

オレの脳に、新たな未来視がすり込まれる！

〈真莉菜にオレの手は届き、真莉菜が救われる〉

その映像に、気力が復活する。踏《ふ》み出す足に更《さら》なるチカラが入る。そして——

〈代わりに、オレが車に跳《は》ね飛ばされる〉

「うっしゃあああああああああああああああああああああああ！」

上々じゃねえか！　オレはなんの躊躇《ためら》いもなく踏み切ると、真莉菜の背へと向かって未

来視通りに飛び込んだ。

＊

「だ、大丈夫ですか⁉　しっかりして下さい！」

「……っつぅ」

「お兄さん！」

気付くと、オレは路上に仰向《あおむ》けで倒《たお》れていた。クラクションの音がけたたましく鳴《な》り響《ひび》いている。

が、目の前にはオレを覗き込む真莉菜と、そしてもう一人……天使のように美しい、色白で可憐《かれん》な女性。

……死んだ？

「おう、真莉菜、なんか隣《となり》に天使いるぞ。でもあれだ、ダムスさんみたいに、オレにしか見えねーんだろうな、可哀想《かわいそう》に」

「え？」

そう言いながら起き上がると、天使はぽっと頬《ほお》を染めつつオレから離れた。随分《ずいぶん》人間らしい反応する天使だ。……あれ、なんかオレ、轢《ひ》かれた割には体が軽い。なるほど、これが死ぬっつうことか。さて、じゃあ実際のオレの体はどうなっているのやら……って。

「あれ？　オレ、浮《う》いてねぇ。おわっ、足もまだあるし！　霊体《れいたい》って案外普通だっ！」

「お兄さん、頭打ったの？　あ、いや、お兄さんは初めからそんな感じだっけ」

「おい真莉菜、お前今なんか失礼なこと言わなかったか。っつうか真莉菜、お前オレ見えるのか。霊能力者っつうやつか」

「な、なに言ってるのお兄さん。実は本当に危ない人だったの？」

「へ？」

徐々《じょじょ》に、状況《じょうきょう》を認識し始める。けたたましいクラクションの合間に「さっさとどけ！」だのなんだのと罵詈《ばり》雑言《ぞうごん》が混じっている。んだよ、こちとら跳ね飛ばされて……跳ね飛ばされて……ない？　見れば、オレが寝《ね》そべっていたのは横断歩道の上だった。じゃああれか、タイヤに轢き潰《つぶ》された系か……と思ったものの、その割には体がなんともねぇ。

「？？　と、とりあえずどくか」

「あ、大丈夫ですか？」

見ると、さっきから天使だと勘違《かんちが》いしていた女性は、シーナさんだった。心配げに肩《かた》を貸そうとする彼女を制し、「や、大丈夫です」と自分で立ち上がる。実際、どこも痛くない……というか、無傷と言って差し支《つか》えない状況だった。体が頑丈《がんじょう》な方だとはいえ、車に轢かれて、これだとは思えない。

オレ達が避《よ》けると、クラクションを鳴らしていた車達がスムーズに流れ始める。まるで事故なんか無かったといわんばかりのスルーっぷりだ。……いや実際、周囲を見渡せばあの青い車も無かった。どこかにぶつかって停止した形跡《けいせき》も無い。

「あの車は……」

オレの独り言に、シーナさんがどこか慌てた様子で返してくる。

「あ、えっと、あの車は……そう、見事に二人をかわして、そのまま去って行きましたよ」

「え、それ、轢き逃《に》げじゃ……」

ねぇか。轢かれてねぇし。……いや、なんか納得いかねーんだが。

考え込んでいると、真莉菜がぷくっと頰を膨《ふく》らませてオレにつっかかってくる。

「お兄さん、なんで急に真莉菜突《つ》き飛ばしたのさっ！　びっくりしたよ！　怪我《けが》はしなかったけどさ……」

「いや、だってお前、車に轢かれかけて……」

「車？　なんのこと？」

……確かに、真莉菜は最後の瞬間まで何も気付いていなかったが。でも、あそこからかわしたってんだったら、タイヤが擦《す》れる音も鳴ったろうし気付かないはずは……。

「お兄さん、また超能力《ちょうのうりょく》で変なもの見たんじゃないの？」

「えと……そういう問題じゃなかったよーな……」

いやまあ、実際轢かれてないところを見ると、オレの未来視の方は確かに間違《まちが》ってたみたいなんだが。……でも、現実に車迫《せま》っていたよなぁ。とても運転でかわせるような距離《きょり》じゃないところまで。あれ？

オレがどうも納得いかず首を傾《かし》げていると、再びシーナさんが話しかけてきた。

「と、とにかく、えと、真莉菜を助けようとして頂いて、ありがとうございましたっ！」

「あ、いえ。結果的にはオレ、やっぱなんの役にも立ってねぇみたいですし――」

「そ、そんなことありませんっ！」

「おう⁉」

なんか凄《すご》い剣幕《けんまく》で否定された。シーナさんは眼鏡《めがね》をキラリと光らせながら、オレにぐいぐいと詰《つ》め寄《よ》ってくる。

「あの、あ、貴方《あなた》は凄く格好良かったです！　それはもう、ホント、凄く凄く！」

「そ、そうっすか……」

「そうです！　貴方が先に危険に気付いてくれたから、私も咄嗟《とっさ》にサイキ――い、いや、なんでもないです！　とにかく凄く凄く素敵《すてき》で……って、す、すいません」

唐突《とうとつ》に迫ってきたかと思ったら、今度はその白い顔を真っ赤に染めて俯《うつむ》いてしまった。

うーん、変な人だ。

「シーナッ！」

「わ、こら、真莉菜。スカート引っ張らないのっ！」

「えへへぇ……」

「もう……」

あー、なんかすげぇ「女性」っぽい。容姿的には勿論《もちろん》、雰囲気《ふんいき》がすっげぇ柔《やわ》らけぇっつうのか。あれだ、抱擁力《ほうようりょく》っていうんだっけ？　そういうのが凄ぇ。同年代にはない貫禄《かんろく》だよなぁ。そして、同じシーナでも、深夏には一生身につかねぇ感じだなぁ。ま、オレはそういう深夏が好きなんだけど。

とりあえず、まあなんか妙《みょう》に納得いかない部分はあるものの、一件落着だ。

オレは一旦《いったん》コンビニに戻《もど》るため、二人に別れを告げることにした。

「じゃあな、真莉菜。色々あったが、シーナと会えてよかったじゃねーか」

「うん！　お兄さんも、ありがとう！　邪悪《じゃあく》なお兄さんにもよろしくね！」

「なんか海砂利○魚みたいだな杉崎……」

「かいじゃり？」

幼女にはとても伝わらないネタだった。オレは気をとりなおして、シーナさんの方を向く。

「じゃ、そういうわけで、シーナさん」

「あ、はい、本当にありがとうございました！　あの、出来ればお名前を……」

「う」

……出来ることなら、「名乗るほどのものじゃありませんよ」と言って去りてぇ。でも真莉菜には名乗ってるしな……。

「ま、守です。人を守るとかの、守」

「守さんですか……ぴったりなお名前ですね！」

「あ、ありがとうございます」

本当は宇宙を守るっつう、オレにはとても無理なスケールの名前なんですけどね。

「あの、私は東雲椎菜《しいな》と言います。東の雲に、椎の木の菜っ葉です」

「そうなんですか」

なんだか一生懸命《いっしょうけんめい》、再び頬を紅《あか》くしながら自己紹介《しょうかい》されてしまった。んー、照れ屋さんなのだろうか。なんかオレをちらちら見ては紅くなっている気がするけど。

それにしても、どうも「しいな」という音を聞くと「椎名」の方を連想してしまう。オレはなんだか彼女の名前を呼ぶのも変な感じがしてきたので、他の呼び方で対応しておくことにした。

「じゃ、お母さん。オレはこれで。あんまり真莉菜から目を離《はな》しちゃ駄目《だめ》ですよ、お母さん。真莉菜のやつ、ずっと捜《さが》してたんですからね、お母さん。まあこれからも二人、仲良くして下さいね、お母さん」

そうして、オレはその場を去ろうと——したところで、異変に気付いた。

お母さん……椎菜さんが、なぜかプルプルと震《ふる》えている。更には、真莉菜が「お、お兄さん」となぜか気まずげな表情。意味が分からず戸惑《とまど》っていると……椎菜さんは、キッと視線を上げ、オレを睨《にら》み付けてきた。その瞳《ひとみ》は、なぜか涙目《なみだめ》だった。

「わ」

「わ？」

訊《き》き返すオレに……椎菜さんは、びっくりするようなボリュームで叫《さけ》ぶ！

「私はこの子の姉で、まだ高校一年生ですぅ――――――――――――！」

言いながら、泣きつつ、真莉菜の手を引いて脱兎《だっと》の如《ごと》く駆《か》けていく椎菜さん！

オレはそんな二人の背を見守り……。

「……えーと？」

自分が何か悪いことしたっけかと、しばし考えてみたものの……特にこれといって思いつかなかったため、深夏のことを考えつつ、テクテクとコンビニへと戻った。

＊

「リア充爆発《じゅうばくはつ》しろ」

コンビニに戻って事の顛末《てんまつ》を話したら、なぜだか杉崎にそんなことを言われた。

「んだよっ、うっせーな！　わざわざ報告しに来てやったっつうのに！」

「こちとら普通《ふつう》にバイトしてたら急に深夏に殴《なぐ》られたんだぞっ！　お前のせいで！」

「えー、いいなぁ」

「え、ごめん、その返しが全くもって理解不能なんだが！」

相変わらずぎゃあぎゃあと五月蝿《うるさ》い男だ。女々《めめ》しいヤツめ。オレはいいことした後の折角のいい気分がどんどん汚《よご》れていく気がして、さっさと帰ることにした。

杉崎に背を向けてコンビニを出ようとする。——と、

「まあ、なんだ、あれだな。お前自身は深夏の前以外じゃ使えねぇ使えねぇって言うけど、お前のその超能力、俺は嫌《きら》いじゃねぇよ」

「は？　んだよ急に、気持ち悪《わり》ぃ」

唐突に変なことを言われ振り返り、怪訝《けげん》な表情を杉崎に向ける。杉崎は杉崎で「ったく、可愛くねぇな」と俺を睨んでいた。なんでこいつに可愛く思われなきゃいけねーんだ。

むすっとしていると、杉崎は視線を逸《そ》らしながら言ってきた。

「まあ、お前の能力は俺がランク付けしてやったら、S級ってところだな」

「な、なんだよ、随分《ずいぶん》評価高《たけ》ぇじゃねえか——」

「いや、Aから普通に順番に数えて、S級な」

「低っ！　最早《もはや》ほぼ一般人《いっぱんじん》レベルじゃねえのかよそれっ！」

まったく。あーあ、ホントオレのこの能力をちゃんと評価してくれるのって、やっぱこの世にたった一人、深夏だけ——

「まあ……それはスマイルのSっつう解釈《かいしゃく》でも、俺は構わないけどな」

「……へ？」

なんか今超恥《は》ずかしい発言を聞いた気がする。訊き返してみるも、しかし杉崎はぷいっと顔を背《そむ》けて、ホントは忙《いそが》しくもねぇだろうになにかの作業を始めてしまった。

……んだよ、気持ち悪ぃ。…………。……ったく。

「……じゃあ、また学校でな」

「……おう」

なんだかお互《たが》い微妙《びみょう》に照れくさい挨拶《あいさつ》を交《か》わした後、オレはコンビニを出ようと――

「――なあ、守。そういやお前、そもそもなんでうちのコンビニ来たんだっけ？」

「ああん？　んなのお前、姉貴のアイス買うために決まって――」

「…………」

「…………」

……………………………………………………………。

……外の風景を確認。……夜。まごうかたなき、夜だった。昼に出たのに、びっくりするぐらい、夜だった。そりゃそうだよな。結構シーナ捜しに時間かかってたもんな。

……………。

「…………お前の本当の一日は、これからだな、守」

「…………」

いつの間にかオレの隣《となり》に来ていた杉崎が、ぽんと肩《かた》に手をおいてくる。

……その日。

オレは初めて杉崎の肩を借りて、泣いた。

【Sサイズハンター桜野《さくらの》くりむ】

もし人類を二つに分けるとすれば。

それは、Sサイズと……えーと、あとその他だ。お、思いつかないんじゃないもん！

「というわけで、我々は今から戦場に突入《とつにゅう》する！　用意はいいかっ、真冬《まふゆ》二等兵！」

「帰りたいです」

「ようし、準備は万端《ばんたん》のようだな！　ＯＫ！　では全軍、突撃《とつげき》ぃ！　おりゃー！」

「え、陣頭指揮《じんとうしき》と見せかけて自《みずか》ら突撃ですか？」

「わー、やーらーれーたー！」

「何にですか!?　ただの婦人服売り場で何にやられたというのですかっ、会長さん！」

後方から遅《おく》れて駆《か》けつけてきた真冬ちゃんの手を借りて立ち上がる。急に走ったからただ足がもつれて転んだだけだけど、私は「戦場は地獄《じごく》だよ……」と俯《うつむ》いて語った。

夏の陽気も去った、とある休日の昼過ぎ。私と真冬ちゃんの二人は百貨店の婦人服売り場へとやってきている。

目的はただ一つ。

「真冬ちゃん、ぐずぐずしている暇《ひま》はないよ！　我々は……服を買うのだ！」

「でしょうね。むしろ婦人服売り場来ておいてそれが目的じゃなかったらびっくりです」

「いくぞー！　戦争じゃこらー！」

「会長さん、会長さん。これがバーゲンセールの混雑とかだったら真冬もそのテンションが多少なりとも理解出来るのですが……。でも……」

真冬ちゃんが周囲を見回し、私もそれに合わせて視線を動かす。

真冬ちゃんの言う通り、確かにお客さんは少なかった。というか、田舎《いなか》だけあって、たとえバーゲンセールでもこの百貨店はそこまで混雑しない。それでも……私はスタンスを変えないのだ！

「そういう問題じゃないんだよ！　真冬ちゃん！　服を買うということは、私にとっては常に戦争なのだよ！」

「真冬にとっては、常にショッピング以外の何物でもないですが」

「ふ……これだから尻軽《しりがる》は」

「それを言うなら足軽では、というツッコミの途中《とちゅう》でどちらにせよ大層失礼だということに気付いてしまった真冬の取るべき行動とは果たして」

「そんなことより、ほら、出陣するよ、真冬ちゃん！」

「真冬の尻軽や足軽扱《あつか》いを更《さら》に『そんなこと』呼ばわりですか……驚異《きょうい》の悪口ミルフィーユに、真冬、もう対処方法が分かりませんです」

「笑えばいいと思うよ」

「そのセリフ万能だと思ったら大間違《おおまちが》いですよ！」

というわけで、ショッピングにノリノリの真冬ちゃんを引き連れて、私は店を回り始めたんだよ！

＊

「……会長さん、服を買うのに何か思い入れがあるというのは分かりましたが……なにもそんな、怖《こわ》い顔して歩かなくても」

特定のショップに入らずパーッと様子を眺《なが》めて歩く最中、真冬ちゃんが訊《たず》ねてくる。まったく、ぽけぽけにも程があるよ！　服の物色を普通のショッピングと一緒《いっしょ》に捉《とら》えているなんて！

私はある決意をすると、真冬ちゃんを真剣《しんけん》な眼差《まなざ》しで見つめた。

「仕方ないわね……。真冬ちゃん。私が今から貴女《あなた》に『世界の真実』というものを見せてあげるわ」

私の達観したライトノベルチックな意味深ワードに、真冬ちゃんは……

「あ、ゲーム売り場見てきていいですか？」

真剣味《しんけんみ》が全然足りなかった！

「駄目《だめ》だよ！　今日は服を買いに来たんだから！」

「真冬は急に呼び出されて無理矢理付き合わされているだけなんですが……」

「とにかく！　今から私がそこのショップに入って買い物するから、真冬ちゃんはそれをここから温かく見守っていて！」

「なんで現実でそんなシム○ープルみたいなことをさせられるのですか、真冬」

「げ、ゲームだと思えばいいじゃない、ゲームだと！」

「なるほど、それもそうですね」

「やっと分かってくれたようだね。じゃあ、行ってくるから見守っててね――」

『いいえ』

「ゲーム的に断られた！」

『真冬は逃走《とうそう》した！』

「ゲーム的に逃亡《とうぼう》を図《はか》ってる!?　ちょ、ちょっと！」

『しかしモンスターに回り込まれてしまった！』

「誰《だれ》がモンスターよ誰が！　まったく、これだからゲームと現実を混同する子は」

「最初にゲームだと思えって言ったのは会長さんなのに……」

「ほら、もう諦《あきら》めなよ！　会計は会長に従っていればいいの！」

「うぅ、横暴ですが分かりましたですよ……。ここからちゃんと見ています」

「分かればよろしい。……では桜野くりむ、出陣する！」

「そのテンションだけは未《いま》だに理解出来ないんですけどね……」

真冬ちゃんが呆《あき》れたように見守る中、私は一軒《けん》のショップへと向けて歩き出した。

とりあえず店内をぷらぷらと物色してから、少し気になった可愛いワンピースの前に止まる。すると……女性店員さんが私に近付いてくるではないかっ！　まだもうちょっと一人で店内を見たかったのに……。でも仕方ない。世の中のありとあらゆる服が似合ってしまう私が罪なのだ。この店員さんは、きっとこう言ってくれることだろう。

「お客様、とてもお目が高いですね。その服、お客様にぴったりじゃないですか」

――と。いや、もしくは――

妄想《もうそう》していると案の定《じょう》、店員さんはニコニコした様子で近付いてきた。そして彼女は実際に――少ししゃがんで私に微笑《ほほえ》みかける。

「お嬢《じょう》ちゃん、子供服売り場は下の階だよ？」

「うわぁああああああああああああああああああああああん！」

私は即座《そくざ》に脱兎《だつと》の如《ごと》く駆《か》けだした！　ショップを出て、すぐの場所に居た真冬ちゃんの胸に飛び込む！

「うわぁああん！　うわぁああああん！　うにゃ、うにゃ、うにゃにゃにゃ！」

「いやもう何も言わなくていいです会長さん！　真冬が悪かったです！　確かに会長さんにとってショッピングは戦争です！　真冬、ショップの店員さんからあれほど心をザックリ袈裟《けさ》斬《ぎ》りにされた人、初めて見ましたです！」

「ひっく、ひっく、ひっく。……真冬ちゃん。これが、世界の真実、だよ」

「確かに衝撃《しょうげき》映像でした！　心の傷を体の傷に置《お》き換《か》えた場合、確実にグロ画像に分類されるレベルだったと思います！」

「ぐす……分かってくれたなら、次行こう、真冬ちゃん。同じ小柄《こがら》同士、肩を寄せ合って買い物しよう？」

「了解《りょうかい》です会長さん！　なんかゲームみたいとかほざいてすいませんでした！」

こうして、私の心が抉《えぐ》られたのと引《ひ》き替《か》えに、真冬ちゃんが従順な部下になった。

＊

「あ、会長さん、こっちのショップなんか可愛い服多いですよ」

「お、どれどれ……」

真冬ちゃんに呼ばれてぴょこぴょこと駆けていく。見れば、確かにどれも地味めながら清楚《せいそ》さを感じさせる、真冬ちゃんらしい服のラインナップが揃《そろ》った店だった。

私はしかし、「ふ」と彼女を小馬鹿《こばか》にした笑みを浮《う》かべる。真冬ちゃんは首を傾《かし》げた。

「どうしたんですか、会長さん」

「甘いね、真冬ちゃん。この店は……ダメだよ」

「え、そうですか？　真冬的には結構いい雰囲気《ふんいき》の店だと思うのですが……」

「雰囲気とかじゃないよ！　値段だよ値段！　例えばこのシャツ見てよ！」

「えと……あ、二千円です。結構安いじゃないですか、会長さ――」

「おシャツは三百円までだよ」

「オヤツ予算みたいに言った!?　いやいやいや、会長さん、だったらそもそも来る場所が間違《まちが》っていると思います！　百貨店内は全滅《ぜんめつ》だと思います！」

「厳密に三百円じゃなくてもいいんだよ！　そういう、心持ちでいろってことだよ！」

私の剣幕《けんまく》に、真冬ちゃんは少し怯《ひる》んで、ぺこりと頭を下げる。

「す、すいませんです。確かに真冬はネットで荒稼《あらかせ》ぎしてゲームで大散財する生活が長いので、金銭感覚が狂《くる》っていたかもしれません。でも会長さん、予算少ないなら、やっぱり大衆ブランドを見るべきじゃ……」

「え、予算なんかないよ」

「え、0円ですか!?」

「逆だよ」

そう言いながら、私はシャキーンとサイフからクレジットカードを取り出す！　真冬ちゃんは大いに仰《の》け反《ぞ》った！

「むしろ『上限が』ないのですかっ！」

「ふふふ、普段《ふだん》の漫画《まんが》とかオヤツとかは自分の少ないお小遣《こづか》いで買うけど、でも、服とか髪《かみ》切るとか、そういう生活に必要なことは、親が出してくれるのだー！」

「な、なるほど、会長さんらしいシステムです。でもそれなら、やっぱり金額を気にしすぎないでも……」

真冬ちゃんのそのセリフに、私は思わず俯《うつむ》く。そうしていると、彼女は色々と察して声をかけてきてくれた。

「あ、すいません。そうですよね……会長さんは、親のお金だからって気にせずバンバン使えるような、そういう人では——」

「この前カードで巨大《きょだい》ショベルカー買っちゃって、お母さんに『考えて使いなさい！』って怒《おこ》られたばかりなんだよ……」

「とんだ親不孝娘《むすめ》でした！　なにしているんですか！　っていうか、そんなのお手軽に買えるものなんですかっ⁉」

「だ、大丈夫《だいじょうぶ》だよ。今はうちの会社で、ちゃんと使ってるもん、ショベルカー！」

「そういう問題なんでしょうかっ！」

「とにかく、そんなわけで私は今、あんまり派手な買い物が出来ないんだよ」

「ま、まあ、カード取り上げられてないだけ奇跡《きせき》ですよ……。じゃあ、廉価《れんか》なショップを中心に見て回りましょうか」

「そうだね」

私はそう答えながらも、隣《となり》にあった腕時計屋《うでどけいや》さんを見て、パッと目を輝《かがや》かす。

「あ、見て真冬ちゃん！　あの時計可愛いよ！」

「ふぇ？　あ、そうですね。あ、でも会長さん、これカル○ィエの凄《すご》い高級な時計ですよ！　わわっ、二百万円ですって！　ほぇー、世の中にはこんなの買う人もいる——」

「くーださーいなっ」

「ちょっと待ちなさいです！」

レジカウンターにちょこんと顔を出して店員さんにカードを掲《かか》げていたら、真冬ちゃんに羽交《はが》い締《じ》めにされてしまったよ！　店員さんが目をギョッとさせている。

「な、なにするのさ、真冬ちゃん！」

「それは真冬のセリフです！　な、な、なにを駄菓子屋《だがしや》のテンションで二百万使おうとしているのですかっ！」

「駄菓子屋のおばちゃんも、よくおつりを『はい二百万円』ってくれるよ？」

「その二百万円と現実の二百万円は大きく違《ちが》うのです！」

「大変だ真冬ちゃん！　駄菓子屋のおばちゃんは、おつりを偽《いつわ》る犯罪者だったんだよ！」

「違います！　ああ、もう！　とにかく、とりあえず今日は真冬の許可なく買い物しないで下さいです。そしてこれから先も、買い物は紅葉《あかば》先輩《せんぱい》等の保護者同伴《どうはん》でお願いしますです！」

「分かった分かった。じゃとりあえず、時計だけ買っちゃうね」

「はい、真冬は待ってます——じゃなくて！　真冬の話聞いてました⁉」

「聞いてた聞いてた。エウ〇カの髪は長い方がいい。長い方がいいんだよね」

「どんだけテキトーな受け流し方しているのですかっ！　ほら、行きますよ会長さん！」

「わにゃっ、ちょ、引っ張らないでよ真冬ちゃん！　と、時計屋さーん！」

可愛い時計からどんどん遠ざかって泣きじゃくる私に、時計屋のお姉さんはなぜか苦笑気味にバイバイと手を振《ふ》ってくれていた。

＊

「まったく、おちおち買い物も出来ないよ」

「それは完全に真冬のセリフだと思います！」

時計屋さんを離《はな》れて再び百貨店内ぶらり旅を再開しつつ、私は嘆息《たんそく》していた。……真冬ちゃんも嘆息していた。

「誰かさんのせいで時計屋さん覗《のぞ》いてしまったけど、今日の目的はあくまで服なんだよ！」

「なぜ真冬が怒られているのか全く理解できませんが、そうですね。服見ましょう」

そんなやりとりをしながら、小さなショップの並んだフロアを二人で見て回る。

するとまた真冬ちゃんが性懲《しょうこ》りもなくテキトーな店舗《てんぽ》に入っていってしまったんだよ！

「あ、会長さん、この店なんかいいんじゃ――」

「ふ……まだまだ若いわね、真冬ちゃん」

「……会長さんにそう言われると思わず『会長さんの方が若いじゃないですかっ！』というツッコミを使いたくなりますが、実際のところ真冬より二歳年上という受け入れがたい事実に、現在真冬の心はクラインの壺《つぼ》的カタチにねじれておりますよ」

「ツッコミが冗長《じょうちょう》だよ！」

「しまったです！　ツッコミ台詞《せりふ》にツッコミを入れられたらツッコミ役はおしまいです！」

「まったく。真冬ちゃん、そこは杉崎《すぎさき》だったらテンション高く叫《さけ》んでおしまいだよ！」

「すいませんでした。なにを怒られているのか相変わらず分かりませんが、なんかすいませんでした」

「話戻《もど》すけど、真冬ちゃんが入ろうって言ったこの店は、おしいけど駄目《だめ》なんだよ」

私のありがたいお説教に、しかし真冬ちゃんは不思議そうに首を傾げる。

「そうですか？　でも……ほら、可愛い服多いですし、小さいサイズもあるみたいですし、お値段安いですし……。ですからほら、お客さんも沢山《たくさん》。店員さんに必要以上に声かけられなさそうですよ？　ここまで条件揃《そろ》って、この店の、何がいけないのですか？」

「何がって……はぁ、それが分からないようだから、真冬ちゃんはいつまで経《た》っても真冬ちゃんなんだよ」

「それが分かるようになったら、真冬は一体何に進化するというのですか……」

「え、コイ○ングだけど？」

「真冬はコ○キングの更《さら》に前段階だったのですかっ！　なるほど、弱いはずです！」

「とにかくだよ。うーん……じゃあ、一旦《いったん》入ってみようか。真冬ちゃんに『世界の真実』を見せてあげるよ」

「またですか……」

「謎《なぞ》の美少女に導《みちび》かれ、少女は今、未知の世界の扉《とびら》を開ける！」

「そんなライトノベルっぽく言っても、やってることはただのショッピングですからね！」

真冬ちゃんがギャーギャー喚《わめ》くのをスルーして、私は入店していく。

確かに、可愛い服の揃ったお店だった。値段も安いし、手にとってチェックしてみればSサイズも豊富に取り揃えてある。店内もほどよく賑《にぎ》わっていて、なるほど、いい雰囲気のお店だよ。

「うんうん、見れば見るほどいいお店ですよ会長さん。服を買うなら、ここで買わずして、どこで買うのですかという感じです」

「ふ……だから真冬ちゃんは、いつまで経っても準レギュラーなんだよ」

「衝撃の事実です！　真冬、まだレギュラーキャラじゃなかったのですかっ！」

「正直深夏《みなつ》のパーターだよね」

「そうだったんですかっ！　うぅ……真冬はやはり要《い》らない子です……」

「そんなことないよ！　真冬ちゃんは必要だよ、皆《みんな》の引き立て役として！」

「それはフォローと受け取るべきなんでしょうかっ！」

「そんなことよりさ、店だよ店」

「ま、また真冬の重大な問題を『そんなこと』呼ばわりです！」

「この店の服を見て、真冬ちゃん、まだ何か気付くことないの？」

「正直全く服を見る気分ではないですが、そうですね……」

そう言いながら商品を観察する真冬ちゃん。しかし数分見て回っても一向に問題点を見付けられないようなので、私は再び嘆息混じりに彼女に近付いていった。

「もういいよ真冬ちゃん。真冬ちゃんは所詮《しょせん》、真冬ちゃんでしかないんだよ」

「どうして真冬はちょくちょく存在を根源から否定されるのでしょう」

「では見せてあげようじゃない、『世界の真実』を！」

私はそう格好よく告げると、手前にあったSサイズのTシャツを一枚手に取り、付近の店員さんに「すいませーん」と声をかけた。

「はい、お決まりでしょうかお客様」

今度は子供扱《こどもあつか》いされなかった。うむ、この辺は及第点《きゅうだいてん》だね。だけど……。

「あの、試着させて下さい」

「はい、かしこまりました。ではこちらへどうぞ」

促《うなが》されて、試着室の方へと行く。真冬ちゃんもそれに慌《あわ》ててついてきた。

お靴《くつ》を脱《ぬ》いで試着室へ上がると、店員さんが「ではお待ちしておりますので」というので、私はそれを断って、真冬ちゃんにだけ待っていて貰《もら》うようにした。店員さんが去って行くのを確認してから、真冬ちゃんに声をかける。

「では、よーく見ているように！」

「はぁ……よく分かりませんが、了解《りょうかい》しましたです」

私は試着室に入ると、早速《さっそく》Tシャツに着替《きが》えた。そして自分を鏡で見て「やっぱり……」と呟《つぶや》くと、改めて入り口の方へと向き直り、真冬ちゃんに声をかける。

「見よ、これが世界の真実よ！」

シャーッとカーテンを開く！　すると真冬ちゃんは、私を驚愕《きょうがく》の表情で見つめた！

「な、こ、これはっ！」

「ふふふ……分かったかね、真冬ちゃん。これが、世界の真実だよ」

そう呟き、私は再び鏡の方へと振り返る。そこに映《うつ》っているのは……何回見ても……。

「え、Sサイズなのにブッカブカだなんてっ！　まさかっ！」

「ふ……」

真冬ちゃんが叫ぶ中、私はニヒルに微笑《ほほえ》んだ。

「そう、これこそが、残酷《ざんこく》な世界の真実なんだよ、真冬ちゃん……」

「なんということでしょう！　そんなっ、小柄《こがら》な人間の最後の砦《とりで》、Sサイズにまで拒絶《きょぜつ》されるなんて！　惨《むご》い！　惨すぎます！」

「ふ……私は最早《もはや》、Sサイズに収まる器《うつわ》ではないということだね」

「いえこれ以上無いぐらい収まってはいますけどね！　ややこしい表現です！」

そんなやりとりをしていると、騒《さわ》いだのがいけなかったのか、店員さんが寄ってきてしまった。彼女は私の様子を見て、笑顔で提案を持ちかけてくる。

「ああ、お客様、サイズが大きいようでしたら、うちは『XS』サイズも取り扱っており

ぶか
ぶか

ますので、そちらの方をお持ち致《いた》しますが？」

店員さんのその言葉に、真冬ちゃんは「そうです！」と乗る。

「真冬はいつもSサイズで丁度《ちょうど》なので失念していましたが、世の中にはそれより小さい『XS』サイズというのがあるではないですかっ！　会長さん、Sサイズこそ大きかったですが、そういうことなら、この店はやはりいいお店――」

「違《ちが》うんだよ！」

『！』

突然《とつぜん》語調を強めた私に、真冬ちゃんと店員さんがびくんと反応する。

私はぷるぷる震《ふる》える拳《こぶし》を握《にぎ》りしめ……二人を、キッと強く睨《にら》み付けると、思いっきり告げてやった！

「『子供服』と『XSサイズ』を着ることは、私のプライドが許さないんだよ―――！」

『面倒臭《めんどうくさ》っ！』

店員さんまで叫ぶ中、私は全力でカーテンを閉じたのであった。

*

「分かったかな、真冬ちゃん。服を買うのは戦争なんだよ」

先程の店を出て語る私に、真冬ちゃんは「確かに」と同調してくれた。

「毎回こんな様子なのでしたら、戦争するつもりでお出かけするのも分かりますです」

「分かってくれたかね。では、次へ行くよ尻軽《しりがる》！」

「まあ待ちなさいです」

「うなっ」

真冬ちゃんに襟元《えりもと》を摑《つか》まれ、首がきゅうきゅうして立ち止まる。私が抗議《こうぎ》の視線で睨み付けると、真冬ちゃんは加害者のくせに「やれやれ」と偉《えら》そうだった！

「真冬の尻軽扱いに関しても小一時間問《と》い詰《つ》めたいところですが、まあそれはさておきです。会長さん、一体どこのお店に向かうつもりですか」

「え、そんなの、Sサイズが置いてあるお店だよ！　私はSサイズにしか興味ないもん！」

むんと胸を張るも、真冬ちゃんはやっぱりぴんと来てない様子だった。ふ、これだから私以外の無能な人類は困るよ。

「会長さん。さっきの店では結局Sサイズ駄目《だめ》だったじゃないですか。その上『XSサイズ』や『子供服』まで封《ふう》じられたとなると、もう他に行くところは――」

「『真Sサイズ』だよ！」

「は？」

またも使われた私のライトノベルチックワードに、真冬ちゃんは一瞬《いっしゅん》ぽかんとし、それからまた深く溜息《ためいき》をついた。

「なんですか、その家庭教師ヒ○トマン的新規ワードは」

「『真6○花』じゃないよ！『真Sサイズ』だよ！」

「真冬はこのネタが伝わったことにうっすら感動さえ覚えましたが、それを今はグッと堪《こら》えて厳《きび》しくツッコませて頂きます。なに言ってんのあんた」

「先輩《せんぱい》になんていう口のきき方をっ！そこに戯《たわむ》れなさい！」

「わーいわーい」

「よろしいっ！」

「いいんですかっ！」

「とにかく最初から目的は『Sサイズ』なんかじゃないのだよ」

「なんという爆弾《ばくだん》発言！　今日一日の全てが一瞬で無に帰しましたです！」

「私の目的は、あくまで最初から『真Sサイズ』！　他の雑多な事象など、目にも入っておらぬのだよ」

「カル○ィエの時計買おうとしていませんでしたか？」

「……『真Sサイズ』についてそんなに知りたいかね。よろしい、教えてしんぜよう」

「明らかに話を逸《そ》らしましたが、よろしい、聞いてしんぜようです」

「『真Sサイズ』、それは……その名の通り、手にすればこの世の全てを統《す》べられるという至宝《しほう》」

「その名からは全く想像のつかない効果でした！」

「ちょっと言い過ぎたよ。『真Sサイズ』、それは、他の店のSサイズよりも小さいSサイズのことを言う」

「かなり言い過ぎていたと思います！」

「つまり、一口にSサイズと言っても店によっては大きさにばらつきがあるんだよ。それを色々探すと、世の中には、私にぴったりだけど『XSサイズ』ではなく『Sサイズ』だっていう、素晴らしい服があるんだよ！」

「それが『真Sサイズ』ですか……。完全に会長さん視点ですが、まあ、納得はしましたです。でも、その『真Sサイズ』はどうやって探したらいいんでしょう。店に入る度《たび》に試着させて貰うのは、なかなか骨が折れますよ？」
真冬ちゃんが困った様子で腕《うで》を組み、眉《まゆ》をへの字に曲げる。私はそんな彼女の様子に
……またも、ででんと胸を張って、告げてあげたのだった！
「大丈夫《だいじょうぶ》！　最初から行きつけのお店は決まっているから！」
「今までの行動はなんだったのですかぁ――――――――――！」
なんか真冬ちゃんがぷんぷんしてしまっていた。なにを怒《おこ》っているんだろうね、この後《こう》
輩《はい》は。キレやすい若者怖《こわ》いね。
「真冬ちゃんに『世界の真実』を見せてあげるのも、今日の目的だったんだよ」
「別に見せて貰わなくても良かったです！　あの無駄《むだ》知識、今後活用する機会ないと思い
ますです！」
「ふぉっふぉっふぉ、まあそう急《せ》くではない。騙《だま》されたと思って、この老体のアドバイス
をしっかり覚えておくのじゃぞ」
「いえいえいえいえいえいえ、いくらそんな伏線《ふくせん》っぽく言ったからって、活用の機会は絶対訪
れませんですよ！」

「よし休憩《きゅうけい》終わりっ！」

「今の休憩だったのですか⁉」

「じゃ、そろそろ買い物の本番行くよ、真冬ちゃん！」

「……テレビゲームは時間の無駄と批判されがちですが、少なくとも今日に限っては、家でゲームしてた方が二万倍ぐらい有意義だったと思います！」

そんなわけで、私達はようやく買い物（本番）へと繰《く》り出したのだっ！

＊

「見よっ、真冬大総統！　ここここそが……ここここそが、人類全ての幸福が約束された理想郷と呼んでも過言ではない、聖地だ！」

「結局ただの大衆ブランドショップじゃないですか。あと真冬はいつの間に二等兵もしくは足軽から大総統にまで出世したのでしょう。更《さら》に更に、大総統に上から目線で話す会長さんの立ち位置は一体――」

「ツッコミが長い！」

「ボケが多いんですぅー！」

「とにかくっ、ここの洋服は私のサイズにピッタリだし、安いの！　広いから店員さんも声かけてこないし！　っていうか、むしろここしかないの！」

「なら最初からここに来て下さいです……そうしていれば、無駄に傷つくこともなかったでしょうに……」

「真冬ちゃん……無駄だと分かっていてもやらなきゃいけない時って、あるんだよ」

「そうですね。ただ今日ではなかったと思います」

「ぐす……私だって……私だって、たまにはここ以外でお買い物したいんだもん……ぐす」

「会長さん……と一瞬同情しかけましたが、ならXSに甘んじておけやこのやろうです」

「先輩になんて口のきき方を！　そこに呆《ぼ》けなさい！」

「ぽけー」

「よろしいっ！」

「いいんですかっ！」

「では真冬タイガー、行くぞぉー！」

「まるで虎《とら》の怪異《かいい》に出会いそうな名称《めいしょう》です！　あ、待って下さいですー！」

そんなわけで、いよいよ買い物開始だよ！　少し店内を進むと、真冬ちゃんが後方から私の肩《かた》をつんつんと突《つ》いた。振《ふ》り返ると、真冬ちゃんが私の通り過ぎたワンピースコーナーを指差している。

「会長さん、この辺の服もとっても可愛いですよ——」

「いやそこはいいよ。今日は最初から目的があって来てるから、真冬ちゃんと仲良く服を見て回ったりする気なんかハナからないんだよ！」

「ええ————⁉　ど、どういうことですか⁉　真冬今、とんでもないこと言われませんでしたか⁉」

「言われてないよ。私は普段《ふだん》から真冬ちゃんにもっととんでもないこと言ってるもん」

「あ、それもそうですね、安心しました。っていうか会長さん、とんでもないこと言っている自覚はあったんですね——って、そうじゃないです！」

「うーん、相変わらずツッコミが冗長《じょうちょう》だねぇ」

「誰《だれ》かさんのボケが高密度すぎるだけです！　そんなことより、今日は一緒《いっしょ》に服を買おうという話じゃなかったんですか⁉」

「うん、そうだよ。服買うよ」

「ですよね」

「目的のTシャツ一枚だけ」

「真冬のゲーム時間を返せですぅー！　もう怒りました！　会長さんは勝手にTシャツ買

ったらいいのです！　真冬は真冬で、この機会に別行動でショッピングさせて貰《もら》いますです！」

「それは許されないよ真冬もどき！」

「最早《もはや》真冬でさえなくなりました！」

「まあ待ちなさいな。私の買い物に付き合う。一見無駄に見えるこの行動で得られるものも、きっとあると思うんだよ」

「忍耐力《にんたい》だけだと思います。そして失うものの方が大きいと真冬は思うのです」

「分かったよ、そんなに言うなら、いいでしょう。とりあえずTシャツ買おう」

「はいです。……って文脈に騙されかけましたが、何も妥協《だきょう》されてませんでしたっ！」

「真冬ちゃん、ちょっと落ち着いて深呼吸してみるんだよ」

「すーはーすーはー」

「じゃ行こうか」

「はいです、とはなってたまりますかこのXS会長。会計なめんなです」

「先輩になんて口のきき方を！　そこに倒《たお》れなさい！」

「それは流石《さすが》にイヤです！」

「よろしいっ！」

「いいんですかっ！」

「……真冬ちゃん、よく考えてみるんだよ。ここで私を放り出したら、どうなると思う？」

「？　どうなるのですか？」

真冬ちゃんの無邪気《むじゃき》な疑問に、私は顔を強《こわ》ばらせて怒鳴《どな》った！

「きっとお前は店内アナウンスで呼ばれることになるだろうさぁっ！」

「迷子が何を開き直っているのですかっ！」

「さあさあ！　これでも真冬ちゃんは私と別れることが出来るのかな？　ん？」

「ぐ……なぜ真冬が脅迫《きょうはく》される側なのか分かりませんが、確かにそれはイヤです」

「分かったなら私についてきなさい！　そして、おもちゃ売り場なんかにふらふら歩いていってしまわないよう監督《かんとく》しつつ、時に優しく、時に厳しく教育していきなさい！」

「これだけ上から保護者依頼《いらい》をされたのって、真冬が人類初だと思います」

「……おんぶしてくれても、いいんだよ？」

「死んでもイヤです」

「先輩になんて口のきき方を！　そこで抱《だ》きしめなさい！」

「え、会長さんをですか？　えと……じゃあ、はい、真冬の胸へどうぞ——」

「とぼしい！」

「そーい！」

なぜか真冬ちゃんに放り投げられてしまった！　スタッと着地し、私は話を元に戻《もど》す。

「せめてあと五分。あと五分辛抱《しんぼう》して付き合ってよ、真冬ちゃん」

「ああ、真冬に辛抱させているという自覚はあるのですね。……逆に腹立つ気もしてきましたが、まあいいです。そこまで言うなら、付き合います」

ぐちぐち言う真冬ちゃんを私の華麗《かれい》な説得術で説《と》き伏《ふ》せて、私達はTシャツコーナーへと向かった。

「わぁっ！　真冬ちゃん、みてみて！　ナマコキャラのTシャツだよ！　珍《めずら》しい！」

「ワー、カワイイデスネー」

「じゃあ真冬ちゃんはこれをお買い上げということで」

「油断してすいませんでしたです。勘弁《かんべん》して下さいです」

「あ、こっちの虎さんのが良かったかな」

「まだ真冬タイガーネタ引っ張りますか。仕方ありません、シリーズ通したネタになられても困りますし、こうなったら一回ちゃんとノッて消化してしまいますです。こほん。がおー！　がおがおー！　虎に取り憑《つ》かれたですー。がおー」

「なにしてんの真冬ちゃん、気持ち悪い」

「ちくしょうです！」

「ほら、どれがいいのさっ、真冬ちゃん！　早く選んでよっ、まったく！」

「なんか怒られてます！　あまりに理不尽《りふじん》！　っていうか、どうして真冬がTシャツ選ばなければならないのですか――」

「そんなのっ、二人でお揃《そろ》いの買うからに決まってるじゃないっ！」

「……ふぇ？」

私の言葉に、今までぷりぷりしていた真冬ちゃんが急に大人しくなって、目をぱちくりとさせる。なにに驚《おどろ》いているのかよく分からなかったけど、私は手元にあった二枚のシャツを手にとって、真冬ちゃんの方へと向ける。

「こっちのクマさんがいい？　それともこっちの北島○郎さん？」

「いやサブちゃんTシャツはいいです……じゃなくてっ！　あの、えーと、どうして会長さんと真冬がお揃いTシャツを？」

「そんなの……私の口から言わせる気？」

「え…………」

「…………」

真冬ちゃんの頬《ほお》がぽっと染まり、私と彼女の間になぜかピンク色の空気が流れたよ。私は気にせず、あっけらかんと告げた。

「なんとなくだよ」

「じゃあ最初からそう言えばいいじゃないですかっ！　なんですか、今の思わせぶりな態度！」

「いやただ説明が面倒《めんどう》だっただけなんだけど……」

「『なんとなく』の五文字を面倒だと思うとは、最早真冬以上の駄目《だめ》人間です！」

「違《ちが》う違う。純粋《じゅんすい》に、真冬ちゃんの相手するのが面倒なだけだよ」

「わっほーい！　真冬、生まれて初めて暴力を行使するかもです！」

「じゃ、真冬ちゃんに合わせてこのムキムキ男性が絡《から》み合った写真のプリントされたガチムチTシャツの真Sサイズを……」

「いらないです！　BLとガチムチを一緒にしないで下さいです！　そして真Sサイズは真冬には小さいと思うので、真冬は他でのSサイズ……ここでのMサイズがいいです！」

「ツッコミしながらもサイズは訂正《ていせい》してきたね」

その辺は意外としっかりしている真冬ちゃんだった。仕方ないのでサイズの要望も考慮《こうりょ》しつつ、お揃いのTシャツ探しを再開する。

私が唇《くちびる》に指を当てて「んー」と物色していると、真冬ちゃんは今までと違っておずおずとした様子で声をかけてきた。

「あのー……会長さん」

「んー？　なぁに？」

視線をTシャツに向けたまま返す。真冬ちゃんは意を決した様子で、訊《たず》ねてきた。

「……真冬が転校するから、ですか？」

「…………」

答えずに、ただただTシャツを物色する。真冬ちゃんは更《さら》に続けてきた。

「そうなんですよ……ね？　真冬は……ただでさえ、家で一人で遊びがちですし。こんな風に会長さんと二人でお出かけなんて、考えてみたら、一回もしてませんでした」

「…………」

「ですから会長さん……真冬との思い出作りのために、呼び出してくれたんですよね。……本当は……本当は途中《とちゅう》から、真冬も気付いていたのです。会長さんは傍若無人《ぼうじゃくぶじん》で勝手な人ですが、でも、いつだって、『楽しむ』ために動いてます。だから今回のこれも……きっと、真冬のためなんだろうなって、薄々《うすうす》気付いていて」

「……ん、真冬ちゃん、どれがいーい？　真冬ちゃんが選んでいいよ」

顔を真冬ちゃんに見せないようにして、呟《つぶや》く。真冬ちゃんは何か察してくれた様子で、ちょっとだけ笑った後、「そうですね……」とTシャツの物色を始めた。

「確かにお揃いのTシャツ買うなら、お姉ちゃんは無理ですよね。あまりに会長さんと服の趣味《しゅみ》が違いますし。だから真冬を誘《さそ》ってくれたんですよね、会長さん」

「……ほら、このぬこさんが描《えが》かれた、可愛いピンクのTシャツはどうかな」

「あ、いいですね。ピンクは会長さんっぽくも、真冬っぽくもありますし。じゃあこれにしましょう」

「よしっ！　じゃあ私、お会計してくるよ！」

「え？　いいですよ、そんな。真冬も自分で買いますよ」

「ううん、いいの！　えーと、そ、そう！　今回これを『貸し』にすることで、さ、再会の約束にするんだよ！」

「！　会長さん……あ、ありがとうございますです！」

「いやいや、いいのだよ、いいのだよ」

というわけで、私は感動して目をウルウルさせている真冬ちゃんを背に、レジへと向かったのであった。

めでたし、めでたし。

………。


ん？　なに？　オチが唐突《とうとつ》？　そ、そんなことないでしょう。私って有能で優しくていい会長だよねっ！　っていうエピソードだよ？　それだけだよ。今回この原稿《げんこう》で伝えたかったのは、それだけだよ！　それ以外に真実なんてないよ！

な、なにさ！　裏を勘《かん》ぐったりなんかしなくていいんだよ！　なにも隠《かく》してないよ！

読者さんは、書かれた事実だけを、素直に受け取っていればいいんだよ！　原稿受け取ったあのエロ副会長みたいに、「元々会長ってお揃いのユニフォームとかそういうの大好きですよね」とか「本当に転校のこと考慮してました？」とか「どうしてこんなに地の文少ないんですか？　あんまり会長の心の中入ってないように見えますが……」とか、ど、どーでもいいことに注目しなくていいんだよっ！　こ、この文章も、あとから付け足したフォローなんかじゃ、ないんだよ！

……………。

こうして優しい優しい会長は、転校する後輩《こうはい》と友情を育《はぐく》んだのであった。おしまひっ！

※完全に誤字ってますが、本人の動揺《どうよう》が良く出ているので、このままでいきます。

杉崎鍵《けん》

「もうホントイヤだこのクラス……」

by 秋峰葉露

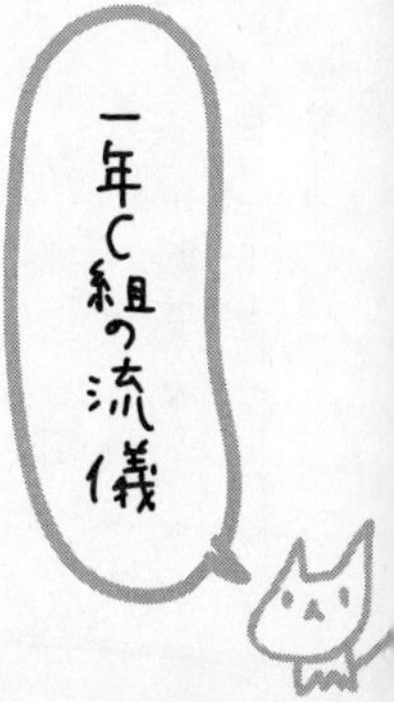

【二年C組の流儀《りゅうぎ》】

その1　椎名真冬《しいなまふゆ》を崇《あが》めること

「点呼！　1！」

「2！」「3！」「4！」「5！」「6！」「7！」「8！」……「34！」「35！」「36！」

「以上、ハロちんといいんちょを除く三十六名、全員いるにゃ！」

「確認ご苦労チート！　では本日のスケジュールを確認する！　沼田《ぬまた》！」

「はいっ、リーダー！　本日は土曜日ですので、我らが神は通常ならば家にひきこもりゲーム三昧《ざんまい》といったところですが、しかしながら、本日は国民的大作RPGの発売日です！」

「つまりどういうことが考えられる、上川《かみかわ》！」

「はいっ、リーダー！　我らが神、椎名真冬はゲーム購入《こうにゅう》においてネット販売《はんばい》やダウンロード販売も駆使《くし》しますが、こういった『一刻も早くプレイしたい注目ソフト』については、自《みずか》ら店頭で受け取るという習慣があるため、外出は確実と思われます！」

「それを受けて、我々はどう動くべきか！　はい、全員で！」

『出発から帰宅までを、陰《かげ》からしっかり見守ります！』

「よろしい！　ではいつもの宣誓《せんせい》ゆくぞ！　せーの！　我々は！」

『ストーカーに非《あら》ず！』

「我々は！」

『宗教に非ず！』

「我々は！」

『政党に非ず！』

「ただ我々は！」

『椎名真冬を守護する聖騎士《せいきし》たらんことを！』

「よろしい！　では本日も張り切って行くぞ、諸君！」

『応！』

　というわけで、本日もリーダーたる俺、薄野《すすきの》虎太郎《こたろう》以下三十六名、集合定時きっかりから活動開始である。

その2　椎名真冬に気取《けど》られぬこと

土曜日の午前九時三十分。俺達一年C組は椎名家の様子を窺《うかが》える路地の陰に潜《ひそ》んで――いや、ズラリと並んでいた。路地に面した家の窓から、すっかり顔馴染《かおなじ》みになったご近所のおばさんがニコニコと顔を出す。

「今日も賑《にぎ》やかだねぇ」

『ご迷惑《めいわく》をおかけしております』

三十六名全員で頭を下げる。おばさんは「いやいや」と笑いながら手を振《ふ》った。

「最近じゃここら辺の家は、みんなあんたらが来るのを楽しみにしているぐらいだよ」

『恐《おそ》れ入《い》ります』

「最近の……なんていうの？　おっかけさん？　は礼儀《れいぎ》正《ただ》しいねぇ。全然ちらかすこともないし、過剰《かじょう》に騒《さわ》ぎもしないし、それどころかこの路地の掃除《そうじ》までしてもらっちゃって」

『なにぶん暇《ひま》ですから』

「そうそう、最近じゃ花井《はない》さんちのお爺《じい》さんの話し相手にもなってくれているようじゃない。奥さん亡くなってからふさぎがちだったから心配だったんだけど、あんた達と喋《しゃべ》るようになってからすっかり元気になっちゃって」

『なにぶん暇ですから』

「ああ、でも安心してね。約束通り、椎名さんちの人には貴方達《あなた》のこと、ばれないように周辺住民一同しめしあわせてるから」

『ありがとうございます！』

三十六名一同、深々と頭を下げる。おばちゃんは照れた様子で手をぴょいと振った。

「いやねぇ、持ちつ持たれつじゃない。じゃあ、今日も頑張《がんば》ってね」

『はい！』

おばちゃんが窓の奥へ消えていく。俺はリーダーとして列の先頭に居るため、代表して椎名家の動向を窺う。椎名真冬の行きつけは九時開店のゲームショップだが、彼女は人ゴミや行列を嫌《きら》うので、客がある程度落ち着いたであろうこのあたりの時間を狙《ねら》って出てくるはずだ。

俺が監視《かんし》する中、列の後方は例の花井の爺さんと談笑中のようだ。中程の人間は路地の清掃《せいそう》活動中。基本的に監視は前列の人間の一部しか出来ないため、気付いたらいつの間にか手空《てす》きの人間が地域活動に従事するという習慣が出来上がっていた。

我々聖騎士は、主君に忠誠を誓《ちか》いつつも、地域住民に愛される、主君に恥《は》じぬ存在でなければいけないのだ。

「コタロー、コタロー。ちーちゃん暇にゃ」

「清掃でもしてろや」

俺が視線もやらずぞんざいに応じたのは、この集団の実質ナンバー2、チートこと巽千《たつみち》歳《とせ》だ。入学したての頃《ころ》こそ俺……いや、クラス男子のほぼ全員がそのロリ顔巨乳《きょにゅう》に興奮を隠せなかったものだが、その奇才《きさい》ぶりやあざとすぎる言動・ファッションが充分《じゅうぶん》認知された今となっては、最早殆《もはやほとん》ど「女子」として見てない有様である。

そんな彼女が、相変わらず落ち着きの無い様子で面倒《めんどう》なことを言い出していた。

「掃除とかは他の人員で間に合っているのにゃ。ねーねー前方側でもなにかしようにゃ」

「俺達は今、我らが神がいつ出ていらっしゃるか見張ってんだろ」

「それは一人いればいいのにゃ」

それはそうなんだが。そもそも俺達は女神・椎名真冬を愛《め》でるために集まっている集団だ。他にやることのある中程や後方はさておき、運良く前方に配置された人間は全員が少しでも椎名真冬を見ようと集中して当然だろう。

しかし、悔《くや》しいかなチートの言うことも一理ある。現状俺達が見ているのは本人ではなく、あくまでその家でしかないわけで。正直なところ、暇っちゃー暇なんだよね。

そんなわけで渋々《しぶしぶ》ではあるが俺はチートの提案を受け入れることにした。見張りを「運動音痴《おんち》だし体力も絶望的だが視力だけは狩猟《しゅりょう》民族」でおなじみの細身男子・池田《いけだ》に任《まか》せて、他の前方集団で顔をつきあわせる。

チートが早速《さっそく》提案してきた。

「じゃあ折角このメンバーだし……古今東西！　マフーのいいところ！」

瞬間《しゅんかん》、即座《そくざ》にメンバーから矢継《やつ》ぎ早《ばや》に繰《く》り出される椎名真冬の長所の数々。

「可愛い」「優しい」「肌綺麗《はだきれい》」「髪《かみ》綺麗」「控《ひか》えめ」「インドア趣味《しゅみ》に理解あり」「ゲームうまい」「生徒会会計」「麗《うるわ》しい」「ドジッ子」「可憐《かれん》」「腐なのがまたよし」「残念なのが逆に良い」「心が綺麗」「笑顔が素敵《すてき》」「泣き顔も素敵」「何もかも素敵」「全てが――」

「あ、リーダー、我らが椎名真冬出て来ました！」

『まだ一割も言ってないのに！』

前方集団が不完全燃焼を起こしているのはさておき、遂《つい》に我らが神が出陣致《しゅつじんいた》した。

俺達は即座に会話をやめ、先頭集団はバレないように様子を窺う。この際、レギュラーで先頭集団に配属されている精鋭《せいえい》の一人、「美的センスゼロで手先も不器用だが撮影《さつえい》させたらスピル○ーグ」でおなじみのカメラ女子・清水《しみず》が高性能ハンディカムで椎名を撮影、その動画を「理系は苦手だし挙動は不審《ふしん》だが機械いじらせたらアル○ド族」でおなじみの眼鏡《めがね》女子・日高《ひだか》がセッティングした機器で全員のケータイに配信、前方の生徒以外でも常に椎名の状況《じようきよう》を確認出来るようにする。ちなみにここまでで二秒弱の出来事である。

「では椎名真冬の追跡《ついせき》を開始する！　準備はいいか！」

『応！』

「もういくのかい……？　ではまたのう……」

『失礼します、花井のお爺さん！』

俺は椎名の様子を窺いつつ、ちょいちょいっと脇《わき》に控えた生徒に指で指示を出す。すると「ガタイでかいし動きも遅《おそ》いのに気配消させたら『神の不○証明《パーフェク○プラン》』でおなじみの大柄《おおがら》男子・宗谷《そうや》が、カメラを持った清水を伴《ともな》い先行する。その様子を各々がケータイに配信されている動画で確認、椎名が充分先に進んだ時点で、俺が指先でGOサインを出し残りの三十三名が一斉《いっせい》に次の潜伏《せんぷく》ポイントへと移動する。

「最早ちょっとした軍隊にゃ」

チートがなにやら楽しそうに呟《つぶや》いているが、確かにその通り。実際それぐらいの心持ちで臨《のぞ》まなければ、この人数でバレずに追跡行為《こうい》など出来やしない。

そう、我々は、決してこの状況を椎名真冬に気取られてはならない。
なぜならば。
「椎名真冬が最も輝《かがや》くのは！」
俺の唐突《とうとつ》な号令に、しかし日頃《ひごろ》から訓練された我がクラスは完璧《かんぺき》に応じる。
『人目を気にせず趣味に没頭《ぼっとう》している時だからである！』
彼女の笑顔のためなら、俺達は自分達の存在否定さえ厭《いと》わぬのだ。

その3　組織的でスマートな尾行《びこう》を心がけよ

我らが神、椎名真冬は家を出ると予想通りゲームショップを目指《めざ》す。当然ながら一年C組もまた彼女を追いかけて移動するのだが、この際、彼女自身に気付かれぬようにするのは勿論《もちろん》、他の一般人《いっぱんじん》にも出来るだけ不審に思われぬよう如何《いか》に行動するかがポイントだ。
彼女の家周辺だけはどうしても待機時間や立地の関係で直接的に周辺住民の皆様《みなさま》のご協力を頂くカタチをとっているが、事情を知らない通りすがりの一般人等にはとても理解など得られぬどころか、下手《へた》すれば通報されても仕方ない行動である。

では、一体どうやってそれらを回避《かいひ》していくのか。これには様々なパターンがあるのだが、そのうちの一例が……これである。

「ちょ、ちょっと、ショーコ！　なんか凄《すご》いよここ！」

「……確かに……凄い行列のラーメン屋さん……」

「ね！　お昼にはちょっと早いけど、私達も並ぼうよ！　ほらほら、ショーコ！」

「……またカズミは……行き当たりばったりに……別にいいけど」

俺達一年C組三十六人の後ろに、旅行中のOLといった風貌《ふうぼう》の二人組が並んでいた。更《さら》に、それを見ていた周囲の通行人までもがつらつらと並び始め、あれよあれよと言う間に行列は総勢五十人弱にも成長していたが、俺達はそれに特に注意をすることもなく、並ばせるままにしておく。

当然ながら俺達の目的は椎名真冬の尾行であって、ラーメン屋なんか関係無い。関係無いったら、関係無い。たとえ、列の先頭集団位置が、たまたまラーメン屋の傍《そば》だったとしても。そのラーメン屋のオヤジさんが、俺達の尾行《びこう》行為を黙認《もくにん》しつつ「グッ」と俺達に親指を立ててくれており、俺達もまたそれに「グッ」とサインを返していたとしても、関係無いったら関係無い。サクラ契約《けいやく》なんて、とんでもない。俺達とオヤジさんは言葉を交《か》わしたことさえない。だからこれは、全然卑怯《ひきょう》な行為ではないのだ！

そんなわけで、椎名の移動に合わせて俺達はラーメン屋の前を抜《ぬ》けてゾロゾロと再び動き出す。背後《はいご》に並んでいた筆頭のOLが「あ、あれ？　え、え？」とラーメン屋に入らずして去って行く集団に戸惑《とまど》っていたが、直後にオヤジさんの「へいらっしゃい！　まず二名様ごあんなーい！　はいお次は――」という威勢《いせい》のいい声に無理矢理導《みちび》かれ、その背後に並んだお客さん達共々店内へと消えて行ってしまった。

……………。

こうして、一年C組は次の身隠《みかく》しポイントへと移動する。今度は……とある、味は良いがオシャレなチェーン店の台頭で寂《さび》れつつある街のパン屋の前へと。店主の奥さんがニヤリと微笑《びしょう》を浮《う》かべて俺達を待ちわびている、そのポイントへと。……たまたま、偶然《ぐうぜん》、さも人気店の順番待ちをしているかのように、整列するのである。

………………。

我々一年C組の面々は今年「ギブアンドテイク」という言葉の意味を、深く学んだ。

その4　椎名真冬の歩む道程に危険は残すな

誰《だれ》もが知っての通り、世間には危険が一杯《いっぱい》である。交通事故の可能性、犯罪に巻き込まれる可能性、疫病《えきびょう》に感染する可能性、そしてストーカーに追い回される可能性と、悲しいかな危険に暇《いとま》がないのが、この世界の実状である。

なればこそ、我々が「奇跡《きせき》の箱入《はこい》り娘《むすめ》」たる椎名真冬の人生から危険を出来うる限り排《はい》除《じょ》しようと動くのは、当然の帰結と言えるだろう。

俺は尾行を続けながらも、背後に続くクラスメイト達の中のとあるチームに指示を出した。

「鯉沼《こいぬま》、常呂《ところ》、居辺《おりべ》！　定例報告！」

『はいっ、リーダー！』

そう答えて、中程に居た集団から三名の男子が俺の傍まで寄ってくる。長身、太め、小《こ》柄《がら》という妙《みょう》にバランスの取れた彼らは通称《つうしょう》「ソコノケ三人組」。以前は球技大会でクラスに惨憺《さんたん》たる結果をもたらして「黒い三連敗」とさえ呼ばれたことのある彼らだが、今はとある重要な使命を担《にな》っている。

彼らは直立不動でビシッと敬礼した。

「通常経路偵察《ていさつ》担当・鯉沼より報告！　想定経路上、特に異常ありません！」

「目的地点偵察担当・常呂より報告！　店内に過剰《かじょう》な混雑は見られません！」

「交通環境《かんきょう》偵察担当・居辺より報告！　天候・交通量共に良好！」

「ご苦労！　では各々の活動報告を！」

「鯉沼、経路上にて空《あ》き缶《かん》、石つぶて、汚《よご》れた軍手等を発見し、これを速《すみ》やかに排除！」

「常呂、目的店内で一時列の横入りによる揉《も》め事《ごと》が発生したため、間に入り仲裁《ちゅうさい》！」

「居辺、一人でゲームを買いに来た小学校低学年の子を補佐《ほさ》、無事に帰還《きかん》させました！」

「ご苦労！　では下がってよし！」

『はいっ』

三人は俺の号令により、素早く列の中程に帰っていった。……一応誤解されぬよう言っておくが、普段《ふだん》からリーダーたる俺、薄野虎太郎がこんな口調で、クラスメイト達に上から指示を出しているわけではない。これはあくまで尾行中に限った体制である。普段の俺はむしろ調子に乗って最後は馬鹿《ばか》にされてしまうタイプでさえあることを、ここに付記しておく。それぞれの得意分野で役割分担を行った結果、たまたま集団の上に立つのが上手《うま》かった俺が「リーダー」という役職についた、ただそれだけのことなのである。

話を戻《もど》そう。もうお分かりのことと思うが、「ソコノケ三人組」の役目は偵察と、そして危険の排除である。今回はこれといった大きな問題が無かったが、日によってはこの偵察報告で極《きわ》めて危険な要素を発見してしまうこともある。その場合は尾行を中止してでも直《ただ》ちにクラス全員でこれの排除に当たる。椎名真冬の安全こそが何よりも優先すべきことだというのは、言うまでもないだろう。

………。

ちなみに以前この活動で、結果的に「日本という国家を根幹《こんかん》から揺《ゆ》るがす程の未曾有《みぞう》のバイオテロ」を防いだこともあるのだが、まあそれは我らが女神の魅力《みりょく》を語る上でなんら関係無い非常に些末《さまつ》な出来事なので、ここでは省略させて頂く。

その5　椎名真冬を存分に堪能《たんのう》せよ

さて、我々は確かに神を守護する聖騎士《せいきし》だが、かといってボランティア精神でやっているわけじゃあない。

全ては「椎名真冬の愛らしさを堪能する」という「ご褒美《ほうび》」を目的としてのこと。だからこそ、我々は――いや、俺達は、楽しむ時は思いっきり楽しむんだぜだやっほう！

「そ、そろそろだな……」

『……ごくり』

ゲームショップ内に入っていく椎名真冬を全員で見守った上で、カメラの清水と気配消しの宗谷だけを店内に送り込み、俺達はそれぞれのケータイでその映像を確認する。流石《さすが》にこの人数で店内に入るわけにはいかないが、しかし椎名真冬の買い物を尾行する上でどこが一番美味《おい》しい部分かと言えば、確実に「ここ」であろう。

つまり、ゲームを何より愛する彼女、椎名真冬がソフトを手に入れる瞬間。

宗谷の超常《ちょうじょう》的気配消し能力と、清水の無駄《むだ》な撮影《さつえい》技術によってばっちりの角度で映《うつ》された椎名のレジ風景を見守る。ここでは棚《たな》の陰《かげ》に隠れることによってかなりの距離《きょり》まで接近出来ているため、その音声までハッキリ送信されてきていた。

『お会計、五千九百八十円になります』

『はい、これでお願いしますです』

『では六千円からお預かりいたします。お釣《つ》りの方は……っと、少々お待ち下さい。あ、では先にこちらお品ものになります』

動画を見る限り、どうやら十円玉を一時的に切らしたようだ。レジに硬貨《こうか》を補充《ほじゅう》する間、先に商品を渡《わた》された椎名真冬は、店員さんが自分の方に注目していないのを確認後、ソフトの入った袋《ふくろ》をチラッと覗《のぞ》き込んで――

『……ふふっ』

と小さく、しかし本当に幸福そうに微笑《ほほえ》んだ。

瞬間《しゅんかん》。

俺達、一年C組一同が、一斉《いっせい》に――――身悶《みもだ》える！

『（うにゃぁ～～～～～～～～～～～～～～～～～～～～～～～～～～～～！）』

声にならない声を上げ、その場でケータイを抱《かか》え込んでジタバタする高校生集団！　この時ばかりは流石に一般人《いっぱんじん》の注目の的《まと》になってしまうもやむなし！　なんせ一年C組の人間に対して椎名真冬の笑顔は、催涙《さいるい》ガス以上の無力化効果を発揮するからだ！

可愛い、可愛い、可愛い、可愛い、可愛い、可愛い、可愛い、可愛い、可愛い！

あの可愛さはおかしいじゃないかいや絶対おかしいありえん超弩級《ちょうどきゅう》すぎる天使だ大天使だいや神だ女神だいっそ悪魔《あくま》だ小悪魔だいや大悪魔だむしろ妖精《ようせい》だ精霊《せいれい》だ宇宙人だいやそれは違《ちが》わないか宇宙人はないだろいやまてToL○VEる的にいけばそれもよしだがそんなことは関係無くとにかく可愛い可愛い可愛い撫《な》でたい舐《な》めたい食べたい歌いたいラーラーラーああもう駄目《だめ》だ抑《おさ》えきれん俺は人間をやめるぞうぉおおおおおやっぱりやめない

嫌《きら》われたくないからやめないけどああ俺は彼女の使うコントローラーになりたい撫でられたい舐められたい食べられたいブドウ糖になりたいコラーゲンになりたい――

「喝《かつ》っ！」

『！』

突如《とつじょ》空を切り裂《さ》いた大声に、一年C組全員の「ジタバタ」が止まる。呆然《ぼうぜん》としながらも声の主を見ると……それは「ごはん食べる時以外は基本妄想《もうそう》世界で暮らしております」でおなじみのメルヘン女子・瀬多来《せたらい》だった。そう、彼女は常に妄想世界の住人だけに、逆に「妄想耐性《たいせい》」のある希有《けう》な人材。よって、彼女には「一年C組が椎名真冬の魅力によって骨抜《ほねぬ》きにされた場合、ショックを与《あた》えて強制的に現実に連れ戻す」という、まるでインセ〇ションの登場人物まがいの役割が与えられていたのだ（ちなみに本人発祥《はっしょう》の中二病的二つ名は「現実迂回者的幻術破壊《パラダイスロスト》」）。

役目を果たした彼女が自分の仕事は終わったとばかりに「にへらー」と椎名をネタに妄想世界へ戻る中、現実に復帰した俺達は態勢を整え直す。

そう、油断してはいけない。

遠足は、帰るまでが遠足。尾行《びこう》は、帰るまでが尾行なのだから。

その6　休憩《きゅうけい》時間も有意義に活用せよ

商品を受け取ったものの、我らが神はそのまま直帰とはいかず、店内の他商品を見回り始めた。基本的に「最新のゲームを一刻も早くやりたい」というタイプであるはずの彼女にしては珍《めずら》しい行動だなと一同が戸惑《とまど》っていると、これに対し「素《す》がなんの特徴《とくちょう》も無いモブキャラ中のモブキャラだからこそ『解説キャラ』の座を必死で死守中」でおなじみの椎名真冬行動学研究男子・上川が伊達《だて》眼鏡《めがね》を光らせてここぞとばかりに解説してくる。

「彼女ぐらいになると発売済みゲームにチェック漏《も》れなどあるはずもなく、ましてや常連であるこの店の商品など、全て頭に入っていると見ていいでしょう。よって、現在の行動に論理的説明はつけられません。……ですが、一方で極めて自然な行為《こうい》とも言えます」

「どういうことだ？」

「彼女は大量のゲームが置かれている場、もしくは本が置かれた場所においてテンションが上がり意味も無く徘徊《はいかい》してしまう。椎名真冬目《もく》椎名真冬科椎名真冬属椎名真冬種の生物において、よく見られる典型的な習性行動と言えます」

「なるほど。ではその報告を織り込んだ上で、沼田、これからのスケジュールを」

「はいっ、リーダー！」

威勢《いせいよ》良く返事をして計算を始めたのは、「低血圧で遅刻《ちこく》常習犯だが体内時計が電波時計」でお馴染《なじ》みのタイムマネジメント男子・沼田だ。

「今のペースで店内を回るとすれば、私の計算では九分二十二秒後に出店する予定です。よって、今後のタイムスケジュールは全て事前に確認したものの十分押しで見て貰《もら》えれば問題ありません」

「よし了解《りょうかい》した。では諸君、この場で十分待機！　トイレや軽食は今のうちに済ませておけ！」

『はい、リーダー！』

そんなわけで一時自由休憩——となったはずなのだが、一年C組の面々は当然のように誰《だれ》もその場を動かず、ジッとケータイ画面の中の女神を観察していた。なに、驚《おどろ》くことはない。我々の体は、椎名真冬成分・通称《つうしょう》マフユミンさえ供給され続ければ、なんの問題もなく半永久的に稼働《かどう》するよう既《すで》に遺伝子レベルでの変異を起こしているのだ！

そんなわけで俺もまたケータイに目を落とそうとするが、しかし、またしても邪魔《じゃま》を受けてしまった。

「ひーまーにゃー！」

「…………」

見るまでもなくチートである。一旦《いったん》無視してマフユミン摂取《せっしゅ》に勤《いそ》しむも、すぐにグイッとケータイごと手を押しのけられ、再びキンキンした声で「ひーまーにゃー！」コールをされてしまったので、仕方なく諦《あきら》める。……悲しいかな、こういう問題要員の相手も、リーダーの務めだ。

「お前も我らが神の様子を見守ったらどうだ。俺達は、そもそもそういう目的で一致《いっち》団結して動いているんだから。見ろ、このパッケージの裏を幸福そうに読み込む女神の顔を！

……はぁ、はぁ、たまらん、はぁ、はぁ……ごくり……はぁ」

「それはコタロー達の目的にゃ。ちーちゃんもマフーが大好きだけど、ここに居る一番の理由は『楽しそうだから』にゃ！　だから休憩時間中は他のことで遊ぶにゃ！」

「仕方ねーなー……おーい、北見《きたみ》、伊達《だて》、出番だぞ！」

「へーい」「はぁい」

気怠《けだる》い返事と間延《まの》びした返事の後、後列に居たあからさまなギャル系ビジュアル女子二名が、俺とチートの方へとやってきた。

まず、茶髪《ちゃぱつ》にピアスで全体的にだらっと制服を着崩《きくず》している方の女子が、「休日は親の牧場で牛の世話をしてます」でおなじみの親孝行女子・北見。

そして、極彩色《ごくさいしき》の目がチカチカするような原色ファッションをしている派手な女子が、

「趣味《しゅみ》は茶道・華道《かどう》・書道でございます」でおなじみのちぐはぐ女子・伊達である。

この二人の本来の担当はチーム内の空気を良好に保つ謂《い》わば「賑《にぎ》やかし」だが、その延長で、チートが駄々《だだ》をこね始めた時は俺と一緒《いっしょ》に彼女のご機嫌《きげん》取りにも加わって貰ってい
る。

四人が寄り集まったところで、チートが再び張り切って企画《きかく》を立ち上げた。

「マフーに惚《ほ》れたキッカケ・エピソードトーク！」

『おぉー！』（義務感による盛り上げ行動）

「その名の通り、マフーに惚れた経緯《けいい》を話して貰うにゃ！　まずキタミン！」

「え、アタシィ？　そんなのぉ、ぶっちゃけフッーの出逢《であ》いっていうかぁ、わざわざ喋《しゃべ》るほどでもないっていうかぁ」

髪《かみ》をいじりながら気怠く喋るギャル・北見に、俺はリーダーとして、チートに聞こえないよう小声で話を促《うなが》す。

「（おいおい、なにもったいぶってんだよ北見）」

肘《ひじ》でつつくと、北見も小声で返してくる。

「（だってぇ、ホントフッーの話だしぃ）」

「（フッーって、どんな）」

「(……アタシが牛の搾乳《さくにゅう》しているの見てぇ、カッコイイって言ってくれてぇ……)」

茶髪の毛先をくるくると弄《もてあそ》び恥《は》じらう北見。……む、不覚にもちょっと可愛いが……。

「(ホントにフッーだなおい！)」

「(だから言ってるだろぉ！　フツーだってぇ！)」

「(よし、じゃあ盛っとけ)」

「(ハァ?)」

「(馬っ鹿《ばか》だなぁ、別にチート相手に洗いざらい真実話す必要なんかねぇじゃん。あいつは基本、楽しければなんでもいいんだっつーの)」

「(あ、そか。でも盛るって……)」

「(ゼロから作り話しろってんじゃねぇ。今の話、ちょいと変えるだけでいいんだって)」

「(オッケオッケ。そーいうことならいけるいけるぅ～)」

「(よし、じゃあいけ)」

俺が号令すると同時に、しびれを切らせたチートが北見に話を催促《さいそく》する。

「どうしたのにゃ、キタミン。早く話すにゃ！」

「ごめんごめん、チート。えっとねぇ、アタシがぁ、まふまふに惚れた理由はぁ」

「ふんふんにゃ」

「アタシが『メスブタ』の乳を搾《しぼ》っているの見てぇ、『超《ちょう》エキサイティン!!』って言ってくれてぇ」

「とんでもねぇ盛り方したぁあああああああああああああああああああ！」

「？」

俺が即座《そくざ》に大声を出したせいか、チートは北見の言葉がよく聞き取れず「にゃ？」と首を傾《かし》げていた。俺は慌《あわ》てて北見を連れ出して小声で、しかし激しく糾弾《きゅうだん》する。

「（んでだよっ！　よりにもよってなんでその方向性なんだよ！）」

「（あ、ごめん、そうだそうだ、メスブタの前に『肉付きのいい』もつけとくべきだった）」

「（余計悪化しとるわ！）」

「（えー？　じゃあ『従順な』とかも盛るぅ？）」

「（だからそもそも盛る部分がおかしいんだって！）」

「（あー、あー、そういうことね。オッケオッケ、りょーかーいでーす）」

どうやらようやく意図が伝わったようだ。北見は再びチートに「おっまたせー」と向き直り、軽く咳払《せきばら》いをした後に、盛る部分を訂正《ていせい》したエピソードを話しだした。

「こほん。……UFOが牛を攫《さら》っているのを見てぇ、『キャトルミューティレーション！』って言ってくれてぇ」

「もうそれなんのエピソードだよ！」

「すごいにゃ！」

「食いついた⁉」

というわけで甚《はなは》だ不本意ながらチートが食いついたので北見はその意味不明なエピソードを本格的に説明しだし、なんだかんだチートを満足させてしまっていた。

俺は妙《みょう》に疲《つか》れつつも、チートの様子を窺《うかが》いながら次に話を振《ふ》られるであろう伊達を呼び出して、指示を出す。

「（おい伊達。お前はちゃんとしたエピソード持ってんだろうな？　盛るなら今のうちから考えておけよ）」

「（そうですね……。私の話はそのままで大丈夫《だいじょうぶ》だと思うのですが、リーダー様、念のため確認して頂いてよろしいですか？）」

「（ああ、構わないぞ）」

「（ありがとうございます）」

伊達は上品にゆっくりと頭を下げて微笑《ほほえ》む。……まあ、こいつは外見こそこんなだが物《もの》腰《ごし》は至極《しごく》真っ当だし成績もいいみたいだから、あんまり心配することもなかったか。

「（ある日私が自宅で華道を嗜《たしな》んでおりましたら……）」

よし、エピソードもなんかしっかりしてそうだな。これは俺が心配しなくても――

「（スミレの茎《くき》の中からにゅるりと這《は》い出してきた妖精《ようせい》さんが、『椎名真冬を愛せ』と私に啓示《けいじ》を与《あた》えて下さったのです。おほほ）」

「（全然大丈夫じゃねぇ！　っていうか恐《おそ》らくお前の頭が大丈夫じゃねぇ！）」

「（あらまあ、リーダー様ったら、そんなに慌ててておかしいですわ。くすくす）」

「（上品に笑っても何も誤魔化《ごまか》せてねぇからな⁉）」

「（ではリーダー様、私はどこを盛ればよろしいでしょう？）」

「（これ以上盛るところなんてあるかいっ！　既にメガ盛りどころか器《うつわ》から溢《あふ》れて大惨事《だいさんじ》レベルだわ！）」

「（光栄です）」

「（褒《ほ》めてねぇし！　あー、もう、お前は逆に梳《す》け！　ボリューム減らせ！）」

「（リーダー様がそうおっしゃいますなら……）」

不承不承《ふしょうぶしょう》という態度ながらも、伊達は俺の意見を受け入れた様子でチートの方へと向かう。

北見からの話を聞き終えたチートが、ウキウキした様子で伊達に顔を向けた。

「じゃあ次はマッキーの話を聞くにゃ！」

ちなみに伊達の名前は佐織《さおり》である。チートのつけるあだ名については、いちいち深く考えたら負けだ。まあ俺的には「伊達巻からの連想かな……」とか思っているが、正直どーでもいいので正解は聞いていない。

さて、そのマッキーこと伊達は、チートからの振りを受けて落ち着いた物腰で語り出す。

「私が椎名様と出逢い、心奪《うば》われました経緯ですが……」

「ふむふむにゃ」

そこで、ふと、伊達が俺に目配せをしてきた。どうやら、俺の要望通りちゃんとさっきの話を「梳いた」ようだ。まあ元々前半部分なんかはそう悪く無い導入だし、著《いちじる》しくおかしい部分だけ少し省《はぶ》けば、充分《じゅうぶん》まともな話に昇華《しょうか》――

「茎の中からにゅるりと出て来ました」

「マフーが!?」

——出来てなかった。俺は無言で彼女の襟《えり》をガッと摑《つか》むと、戸惑《とまど》うチートと北見を尻目《しりめ》に伊達を強引《ごういん》に少し遠くまで拉致《らち》って、最早《もはや》声を抑《おさ》えようともせず怒鳴《どな》りつける！

「なんでマトモな部分の方を大幅《おおはば》に梳いたんだよ！」

「髪型《かみがた》に例えるならば、ちょんまげ的な美を追究致《いた》してございます」

「そんな特殊《とくしゅ》な梳き方しろなんて俺言ってねーわけですがっ！　お前、自分が美容室で『梳いて下さい』って注文して、一時間後ちょんまげに仕上がってたらどう思うよ⁉　なあ⁉」

「……いとをかし？」

「それで済むかーいっ！　おかしすぎるだろうがっ！」

「リーダー様、お言葉ですが、『いとをかし』は『趣《おもむき》がある』という意味であって——」

「今そういう話してるんじゃねぇんだよ！　いいか、そういう偏《かたよ》った削《そ》ぎ落とし方を梳くとは言わねーんだよ！」

「なるほど、『梳け』とは、さながら華道のごとく、全体の調和を保った上でバランス良く要《い》らぬ枝葉を極限まで、いえ究極まで削ぎ落とせと、そういう意図でございましたか。合点《がてん》がいきました。もう大丈夫でございます、お任《まか》せ下さいませ」

伊達はそう自信ありげに告げると、再びチート達の方へと戻《もど》った。当然俺も状況《じょうきょう》を見守りについていく。まあ北見の例もあるので正直あんまり期待はしていないが、とはいえ伊達への指示は謂わば引き算なわけだし、想定外のセリフが飛び出す可能性は極《きわ》めて——

「(^-^)」

「喋りで顔文字とにゃ!?」

高いのが、うちのクラスなわけで。っていうかあの意味不明発音を顔文字と判別出来ている時点でツッコミ役であるはずのチートまで色々おかしいため、もうなんか、カオスだ。クラスというより、最早世界が成り立っていない。

仕方ない、こうなったらリーダーたるこの俺が、直々《じきじき》に感涙《かんるい》必至の惚れエピソードでこの場を収めてやるとするか！

「聞け、チートよ。この薄野虎太郎が椎名真冬の魅力《みりょく》に気付いたのはとある雨の日——」

「うにゃ！　相変わらずうちのクラスは濃《こ》いにゃ！　あまりの濃さにちーちゃん、もう満足にゃ！　というわけでコタロー、尾行《びこう》に戻るにゃー！」

「……あ、そうッスか」

…………。

……既《すで》にバレているかもしれないが、このクラス、実はリーダーの出る幕が、あまりない（だからこそ必要以上に「リーダー然」として振る舞《ま》う俺なのである）。

その7　椎名真冬へ仇《あだ》なす者達には正義の鉄槌《てっつい》を

椎名真冬の帰路を見守っている最中、突如《とつじょ》として場に張《は》り詰《つ》めた声が響《ひび》く。

「リーダー、サルより緊急《きんきゅう》の伝令です！」

「代われ！」

俺は即座に通信班のインカム女子・乙部《おとべ》からケータイを受け取り、電話口に出る。すると偵察《ていさつ》班とは別働隊のとある女子の声が聞こえてきた。

「リーダー！　椎名真冬隠密《おんみつ》警護・通称《つうしょう》「くのいち」の栗山《くりやま》ちさるです！」

彼女は「過度の視線恐怖症《きょうふしょう》を極めに極めた末、今や超一流《ちょういちりゅう》ステルス忍者《にんじゃ》として大成」でおなじみの「幽霊《ゆうれい》クラスメイト」である。ちなみにリーダーたる俺でさえ、その姿をハッキリ見たことはない。彼女はその特性を活《い》かして、常に独自に椎名真冬の周辺警戒《けいかい》に当たって貰《もら》っているのだが……。

「どうしたサル！」

『緊急事態です！　姫《ひめ》の帰宅経路上に《ソフト狩《が》り》の不良とおぼしきグループが出現！

このままではバッティング致します！』

「なに⁉　ソフト狩りだと⁉　今時か⁉」

俺の言葉にざわつく一年C組。帰宅途中《とちゅう》の椎名真冬を肉眼とケータイでそれぞれ確認するも、まだ不良グループはこちらからは確認出来ない。しかしあのサルが言うのだから間《ま》違《ちが》いはないと思うが……。

「しかし一時期のドラ○エでもあるまいし、その不良達、本当にソフト狩りなのか？」

『私も事情に詳《くわ》しくない故《ゆえ》分かりませんが、彼らの会話を盗《ぬす》み聞いた限りあのソフトを集団で狙《ねら》っていることは間違いありません！　当然姫も危険です！』

「マジかよ……」

リーダーとしての態度を崩《くず》し、思わず愚痴《ぐち》ってしまう。——と、いつの間にか俺の傍《そば》まで寄ってきていた「え、そんな不思議検索《けんさく》ワードからなんでその情報手にいれられたの？」でおなじみの魔法《まほう》的検索遣《づか》い女子・鹿追《しかおい》が左手に持ったモバイルノートを右手で操作しながら報告してくる。

「どうやら初回特典のブックレットに問題があり自主回収が始まっているようです」

「？　不良品ってことか？　なら尚更《なおさら》狩られる意味が分からないだろう」

「いえ、その問題というのがですね……どうもゲーム中では削除《さくじょ》されたはずのセクシーイベント画像が間違って掲載《けいさい》されてしまっているというものらしく……」

「うひょっ、至急俺達も買おうじゃないか！」

「と、リーダーのような人による需要《じゅよう》が高まる一方でメーカーも回収するものですから、一気に市場からソフトが消えていき、また次の発売日が未定なことも相俟《あいま》って、急激に相場が高くなっているようです。つまり……」

「こほん。なるほど、今ならネットオークション等で売り捌《さば》けば中々の金額になると」

「はい、国民的大作だったことが、逆に、あだになったカタチですね」

そもそも問題など関係なく欲しい人が多数いる上に、変な需要まで高まったところでの自主回収対応。詳しい数字は聞いてないが、なるほど、高騰《こうとう》しておかしくない状況だし、金目的というならば時代遅《じだいおく》れなソフト狩りも発生する、か。

「しかしカツアゲなんかより買い占《し》めに走った方が効率いいんじゃないか？　事実我らが神は普通《ふつう》に買えてたじゃあないか」

「リーダー、こんなことするほど金に困っている集団に買い占め資金があると？」

「そりゃそうか」

まあ相手の事情なんて知っても仕方ない。俺達はただ椎名真冬のために動くのみ。

「サル！　とりあえずお前は警戒を続けろ！　もしもの時は出来る範囲《はんい》で頼《たの》むぞ！」

『了解《りょうかい》です！　相手から見えない場所を確保しつつ、たまに小石を投げてみたりしてちょっぴり気を引いておきます！』

妙にしょぼいスナイパーが出来上がったのはさておき、これは由々《ゆゆ》しき事態だ。我らが神に予定外の危機が迫《せま》ろうとしている。しかし……相手が不良程度というならば、さして問題はない。我々は「いつものように」対応するだけだ。

「1年C組っ！　シフトチェーンジ！　フォーメーション・D！」

『アイアイサー！』

瞬間《しゅんかん》、即座《そくざ》に隊列が入れ代わる俺達。先頭にリーダーの俺が位置取ることは大概《たいがい》のフォーメーションにおいて確定だが、それ以外が用途《ようと》に合わせて激しく変動する。今回のフォーメーション・Dは一挙制圧型の戦闘《せんとう》態勢。他にも「警戒特化」や「耐久《たいきゅう》特化」等様々なフォーメーションがあるが、それはまた別の機会に披露《ひろう》出来れば幸《さいわ》いだ。

「標的視認！　構成員数、六！」

狩猟《しゅりょう》民族級の視力を持つ池田が叫《さけ》ぶ。俺は即座に指示を出した！

「これより脅威《きょうい》の排除《はいじょ》を行う！　相手の数が多いため威嚇《いかく》も兼《か》ねて今回は総員参加！」

『はい！』

「では総員迂回《うかい》の後、椎名真冬に気取《けど》られぬよう警戒しつつ戦闘開始！」

『応！』

というわけで俺達は椎名の背後《はいご》を離《はな》れ迂回、速《すみ》やかに彼女の前方、ソフト狩り集団のたむろする地点に向かう。数秒後、俺の視界にも彼ら——コンビニの前で通行人を観察しているあからさまにチャラい服装の集団が見えてきた。嘆《なげ》かわしいことに、男とは思えぬ長《ちょう》髪《はつ》ヤローばかりだ、まったく。……いやまあ俺も長髪なんだけどね。むしろ彼らより長いけどね。そんなこたぁどうでもいい。

「足寄《あしよろ》、檜山《ひやま》、虻田《あぶた》！」

『任せて！』

号令と同時に集団の方へ向かっていくのは、華奢《きやしゃ》な女子三名。荒事《あらごと》に向いた人員とはお世辞にも言えないが、彼女らの役目は戦闘ではない。

集団のすぐ手前まで近付いた三名が、早速《さっそく》作戦行動を開始する！

「うっそぉ〜！　すっごぉーい、まじで言ってんのぉ〜⁉」

まず足寄が聞いた者皆《みんなふ》振り返らせる超高音《ちょうこうおん》のアニメ声でソフト狩り集団の注目を惹《ひ》く。

「ばっか、マジだってマジマジ！　値段ちょー釣《つ》り上がってんのに、この辺田舎《いなか》だからか、まだ割とフツーに売ってんだって！」

そこを演技派の檜山がテンション上がった風を装《よそお》いながらも、集団に聞かせるべき情報をハッキリとした発声でしっかり告げる。

そうして、集団の目がギラリと光って彼女らを見たところで、トドメ。

「しっかし、こんなソフトがそんないいお金になるなんてねー」

若干《じゃっかん》大根演技ながら、その手で『複数のゲームショップの袋《ふくろ》が少しはみ出た大きな紙袋』を集団に見えるように掲《かか》げて眺《なが》め回す、小道具遣《づか》いの虻田。

瞬間、完全に集団が釣り針《ばり》に食いついた。コンビニ前の車止めから腰《こし》を上げて彼女達の方へと向かってくる。

俺は彼女らが危険に晒《さら》される前に呼《よ》び戻し、列に戻る間際《まぎわ》に労《ねぎら》いの言葉をかけた。

「うむ、今日も完璧《かんぺき》な仕事だったぞ、『劇団おとり』」

『ありがとうございます！』

というわけで釣り針チーム「劇団おとり」を列に引き入れると、彼女らを追ってきた不良チームの筆頭と思《おぼ》しき鼻ピアス男子が俺達に「ああ？」と威嚇をかけてきた。

「んだぁおい、どういうつもりだ、ああ？」

「……と、言いますと？」

代表して応対する俺。にへらと笑ってとぼけつつ、彼らの後方を見やる。……我らが神、椎名真冬が何事も無くコンビニ前を鼻唄《はなうた》混じりに通り抜《ぬ》けていた。よし、完璧だ。

「だからぁ、てめぇらはなんだって訊《き》いてんだよ」

「なんだと言われましてもね……あえて言うなら、騎士団《きしだん》、でしょうか」

「はあぁぁあ？」

真面目《まじめ》に答えたつもりだったのだが、なんだか逆鱗《げきりん》に触《ふ》れてしまったらしい。なんと舌にまでしていたピアスを見せつけるようにべろりと出されている。……まあ普段《ふだん》の俺なら完全にちびって土下座もんですよね、うん。たぶん命乞《いのちご》いとかしてるよね。だけど……

椎名真冬を崇《あが》める者の一人としての俺は、今、激しい義憤《ぎふん》に駆《か》られているわけで。

いや、俺だけじゃない。彼らの一人が大量に抱《かか》えている「誰《だれ》かから奪《うば》った」と思しきゲームの山を見て何も思わぬ者など――この一年C組には、一人だっていないのだ。

「おおい、聞いてんのかよ、ああん？」

集団とはいえガキだと高をくくったらしい六人が俺達を取り囲み始める中、しかし、俺達は誰一人《だれひとり》としてそれに臆《おく》することなく毅然《きぜん》としていた。

俺は――彼らの言葉に応《こた》えることもせず、唐突《とうとつ》に、叫ぶ！

「我らが神の信条は――！」

「はぁ？　お前何を――」

『また我らの信条でもある！』

「っ⁉　んだぁ？」

唐突に声を上げた俺達に不良集団が動揺《どうよう》するも、構わず俺は点呼を続ける！

「椎名真冬の信条！　ゲーム編！」

『応！』

「ゲームはっ！」

『楽しくあれ！』

「ゲームにっ！」

『真摯《しんし》であれ！』

「そして、ゲームをっ！」

『決して汚《けが》すことなかれ！』

「んだおら、ふざけてんのかてめぇらぁあああああああ！」

遂《つい》に不良達が我慢《がまん》の限界を迎《むか》えた様子で俺達に襲《おそ》いかからんとする！　俺はすぐさま指

示を出した！

「『混沌《チャンプルー》とした四騎士《ナイツ》』！」

『応！』

即座にとある四人が動き、一年C組の四方を固めつつ、各々《おのおの》が敵に対応する！

「とりゃさっ！　ていっ！　ふんっ！　あらよっと！」

「う⁉　な……なんだこりゃあああああああああああああああああ⁉」

まず即座に敵を一人制圧したのは「柔道《じゅうどう》もプロレスも全くかんでないけど、その妙《みょう》な寝技《わざ》は最早ちょっとしたクトゥルフ」でお馴染《なじ》みの手足長め男子・雁里《かりさと》である。今は……うん、相変わらず形容出来ない気持ち悪いカタチで敵にからみついていた。世の中には卍固《まんじがた》めという技が有るが、それに倣《なら》って漢字で表現するなら『鬱固め《うつ》』と言ったところだろうか。どうなっているのか単純にカタチが「鬱」に似ているのは勿論《もちろん》、ずっと眺めているとその意味不明さに気分が悪くなってくるという意味もある。……やばい、俺も鬱だ。

というわけで他に視線を移すと、そこでは「混沌《チャンプルー》とした四騎士《ナイツ》」唯一《ゆいいつ》の女子が不良二人を相手取っていた。

「おいおいそこの女よぉ、まさかお前がこの俺様の相手げふらごふぎゃんがはぁぐふ」

「ふふ……くくく……しししししし……」

「ちょ、ま、なにそのぎゃはぐふげへごほがはうぐぎぎぎぎぎぎぎぎぎぎぎg」

「うふ……うふふふ……」

……うん、こちらはこちらで違《ちが》った意味で鬱になる光景だ。不良の中でも一番屈強《くっきょう》そうだった男子と不良のリーダーと思われる男子という明らかなボスキャラ二名が、見せ場どころかまともに喋《しゃべ》る間も与《あた》えられずボコられている。っていうか、制圧どころか、むしろ過剰《かじょう》にボコられている。ご愁傷様《しゅうしょうさま》としか言いようが無い。

「ひひ……ひひひひひ」

特徴《とくちょう》的な笑い方で拳《こぶし》から血を滴《したた》らせている彼女は「やりすぎスージー」こと八雲数子《やくもかずこ》。普段は空手の使い手なことから「コ〇ン君ドン引き・過剰防衛蘭《らん》姉ちゃん」とも呼ばれる。普段はいい子なんだけどな……うん……裏表ある女子って怖《こえ》ぇよな。

さて、こっちも見るに堪《た》えないので更《さら》に視線を動かすと、八雲とは逆で静かな戦い方に定評のある京極《きょうごく》が目に入った。

「さて……我に戦いを挑《いど》むとは、中々に骨のある若者達よ……のぅ?」

『ぐ……うぅ』

とんでもない威圧《いあっ》感《かん》で不良二人を相手に圧倒する京極。そのガッチリとしたガタイ、そして禅僧《ぜんそう》のような風貌《ふうぼう》と悟《さと》りきった様子は、敵を完全に萎縮《いしゅく》させている。

「やるというならば、我も全力でそれに応えようではないか。ふ、荒事となった途端《とたん》血湧《ちわ》き肉躍《にくおど》ってしまうとは、我もまだまだ修行不足よのう。しかしこうなっては後の祭り。せめてこの抑《おさ》えようのない滾《たぎ》り……そなた達に存分に鎮《しず》めて貰《もら》おうぞ！」

「ひ、ひぃ！」

あまりの威圧感に対峙《たいじ》していた不良達が背を向けて逃《に》げ出す！　瞬間京極が——ではなく、隣《となり》に居た戦闘担当では全くない男子・上川と沼田が自分達の鞄《かばん》のベルトをそれぞれ不良の足の前にさっと引っかけて、思い切り引っ張る。

『えい』

『ぎゃふんっ！』

恐怖《きょうふ》のせいか衝撃《しょうげき》のせいか、不良男子達はそのまま気を失ったようだ。それを眺めて、京極が呟《つぶや》く。

「ああ、世は実に無情なり……」

……なんか格好つけているが、実際のところ、京極はただの「見かけ倒《だお》し」である。一見筋肉質体型だけど実はほぼ脂肪《しぼう》だし、彼の家は寺でもなんでもなく輸入雑貨屋だし、極《きわ》めつけに彼自身は生粋《きっすい》の美少女アニメオタである。ただ悲しいかな、ハッタリ力だけは群を抜いているようで、大概の敵はこうして脅《おど》すだけで勝手に自滅《じめつ》してくれるのである。

これはこれでなんか見ていて非常に虚《むな》しい気持ちになるので、俺は『混沌《チャンプルー》とした四騎士《ナイツ》』最後の一人へと視線を移すも、しかし丁度《ちょうど》タチの悪い——気分が悪くなるようなやりとりの最中を目撃《もくげき》してしまった。

「へいへいへーい、にーちゃんよぉ、ずいぶん景気よさそうじゃねえの、ええ？」

「いや、その、そんなことは……」

「おいおいおい、そんなんで納得いくかっつーの。もってるもん渡《わた》せよ、な？」

「ちょっとそれは……」

「かー！　状況《じょうきょう》分かってんのかねっ、まったく！　出すもん出しゃあ悪いようにはしねえって言ってんだからさぁ！」

「いや、その、そう言われても……」

「……おうおう、分かった分かった。そういうことならこっちも容赦《ようしゃ》しねぇよ。……いくぞおらぁあああああああああああああああ！」

「う、うわぁああああああああああああ！」

というわけで、『混沌《チャンプルー》とした四騎士《ナイツ》』最後の一人、北竜《ほくりゅう》も順調に不良を制圧したようだった。

……あ、説明忘れてたけど、チンピラみたいな口調のヤツの方がうちの北竜ね。

やー、こう見るとどっちが悪者か分からんなぁ。セリフだけで書いたら、まるでうちの善良な生徒が不良に絡《から》まれているみたいじゃないか。

あ、北竜の異名《いみょう》？　あったかな……俺達にはフッーにシンプルな三文字「ヤ〇ザ」として親しまれているけど。ちなみに彼だけが我らが神のことを「姐《あね》さん」と呼んで慕《した》っており、クラスの理念に関しては「仁義」として理解し、上から一言あればいつでも鉄砲玉《てっぽうだま》として散る覚悟《かくご》は出来ているとさえ豪語《ごうご》している。……基本理念は俺達と同じはずなんだけどな……なぜか微妙《びみょう》に同調しきれない、とても特殊《とくしゅ》なクラスメイトであると言えよう。

さて、とにもかくにも、そんなわけで。

『リーダー、敵制圧完了《かんりょう》しました！』

「うむ、ご苦労。隊列に戻《もど》れ」

戦った四人『混沌とした四騎士《チャンプルー・ナイツ》』の報告を受けて指示を出す。ちなみに彼らが倒した不良に関しては、「知識の仕入れ先は聞かないであげて」でおなじみのムッツリ系男子・広《ひろ》尾《お》が六人まとめて「妙に卑猥《ひわい》な縛《しば》り方」で拘束《こうそく》、電柱に括《くく》り付けた上で通報済みである。

俺は状況の収束を確認すると、まあ大して引っ張る話題でもないので「さて」と仕切り直した。

「通常業務に戻るぞ！　総員、速やかに椎名真冬の尾行《びこう》を継続《けいぞく》！」

『応！』

というわけで、戦闘《せんとう》開始から実に一分三秒ほどで事態を収拾《しゅうしゅう》した我々は、周囲の通行人達の拍手《はくしゅ》に軽く頭を下げつつも、何事もなかったかのように我らが神の護衛へと戻るのであった。

その8　椎名真冬という奇跡《きせき》を、心に、刻め

椎名真冬の確認されているだけでゆうに一億個以上はあると言われる美点の一つに、「落ち着いている」という要素がある。少し言い方を変えれば穏《おだ》やか。もう少しだけ言い方を変えれば、ゆったり。……もうちょっとだけ言い方を変えるならそうまるで老成された美亀《びき》の如《ごと》く緩《ゆる》やかな時間の只中《ただなか》を優雅《ゆうが》に泳ぐかのような生き様とも言えばいいだろうか

――

早い話、我らが神の歩行速度は決して速くない。

「追いついた！」

というわけで、俺達は不良制圧というロスをものともせず、すぐに彼女に追いついた。

フォーメーションをA（通常尾行モード）に戻して、尾行を継続する。

——と、相変わらず先を行き警戒《けいかい》にあたっていたサルから再び電話が入った。

「どうしたサル！　またソフト狩《が》りか⁉　もしくは残党か⁉」

リーダーとして考えられる可能性を即座《そくざ》に絞《しぼ》り出すも、サルの返事は否定だった。

『いえ、ソフト狩りはもう大丈夫《だいじょうぶ》です。ただ……このままですと、姫《ひめ》が新たな脅威《きょうい》とバッティングする可能性が非常に高いです』

「なんだと？　なにを悠長《ゆうちょう》に報告している！　だったらソフト狩り同様我々がすぐにでも排除《はいじょ》に動かなければ——」

『いえ、その、なんと申しましょうか、これはもういかんともしがたいと言いましょうか……』

「見損《みそこ》なったぞサル！　障害に臆《おく》すなど騎士《きし》の名折れもいいところだ！　しかしたとえお前が臆そうとも、我々一年C組本体にかかれば対処出来ぬものなどあるわけが——」

『小さな男の子が道端《みちばた》で大号泣中《だいごうきゅう》なのですが』

「戦略的撤退《てったい》もやむをえまい」

俺は即座に決断を下した。機械女子・日高の手配で俺とサルの通話をそれぞれのケータイで聞いていたらしいクラスメイト達も一斉《いっせい》に俺を見て神妙《しんみょう》な顔で頷《うなず》く。

……俺達一年C組の弱点。それは、「小さい子供」に他ならないからだ。

なんというか、その、原因を訊《き》かれると非常に困るのだが、俺達は最近、クラスの人間悉《ことごと》くが「子供の純粋《じゅんすい》な瞳《ひとみ》を直視出来ない」という奇病《きびょう》に感染しているのだ。唯一の例外は委員長こと国立凛々《くにたちりり》なのだが、あれは椎名真冬ファンクラブでありながら「勉強・規則・秋峰《あきみね》」の優先順位が高いイレギュラーなので除外。

ちなみに子供の目が見られなくなったのは皆《みな》一様に「ストーカーまがいの尾行活動を始めてから」と証言しているが、その因果関係は未《いま》だ不明だ。不明ったら不明なのだ。

更に今回は「大号泣中の子供」と来たもんだ。そりゃもう、こうなったら、ちょっとチェックメイトですわ奥さん。排除どころか、半径三メートル以内にさえ近づけない自信ありますよ、ええ。

当然、ただでさえ視線恐怖症のサル如きがなんとか出来るわけもなく。

『……で、では報告終わります。あ、もう姫が見えて来てしまいました！』

「くっ！」

電話を切って前方の椎名真冬を確認すると、既《すで》にこちらからも彼女越《ご》しに小学校低学年ぐらいの子供が見えてきていた。というか、大きな泣き声まで聞こえてきた。これはもう、回避《かいひ》どころではない。

そうして、俺達が何も出来ない無力さを噛《か》みしめる中、ついに我らが神は泣いている男の子に近付いていった。また運の悪いことに、ここは丁度人通りの少ない場所である。最《も》早《はや》、椎名真冬以外に子供に話しかけられる人間はいない。

彼女は若干《じゃっかん》人見知りの気質を覗《のぞ》かせつつも、手に持っていたゲームを自前の四次元ポシェットにしまったと思ったら、しっかりと屈《かが》んで泣きじゃくる子供に声をかけた。

「あ、あの〜……えと……だ、大丈夫ですか？」

『（おおっ！）』

大きな声こそ出さないもののどよめく一年C組。……子供に敬語で話しかけてしまう椎名真冬。これは萌《も》える！　少なくとも全員子供が苦手なことなどどうでもよくなるぐらい、萌えが心を満たしておる！。

俺達は鼻息も荒《あら》く、様子を継続して見守った。椎名真冬は少し困った様子で腰《こし》をかがめて、彼女なりの一生懸命《いっしょうけんめい》さであやそうとはしているものの……。

「うわぁあああああああああん！　うぇえええええええええええん！」

『（空気読め子供！）』

我らが神があそこまでしてくれているというのに、子供は完全に無視だった。むしろさっきより大声で泣いている。一年C組全員が「ぐぬぬ」と唸《うな》る中、しかし慈悲深《じひぶか》い我らが神はめげずに、困った様子ながらも子供への接触《せっしょく》を試《こころ》みる。

「ど、どうしたのですか、えーと、お、お子さん？」

『（可愛《かわ》えぇええ！）』

そこは「ぼく？」って訊けばいいのに！　お子さんって！　お子さんって！　敬語が変な風にこんがらかっているじゃーありませんかっ！　ああっ、今日も素敵《すてき》すぎるぜ、我らが神！

「うぇえええええええええええん！　ふぇ、ぐす、ふぇ、ぐす……じゅるる」

「あ、えーと、あの……これ、てぃ、ティッシュです」

「うぇ？　ふぇ……ぐす……じゅる……ごし……」

「あ、手で拭《ぬぐ》っては駄目《だめ》ですよ。えと……し、失礼します。ごしごし……と」

『（あふんっ！）』

もうこの辺のやりとり中、一年C組総身悶《みもだ》えである。たまらなすぎるだろう、我らが神。

彼女が遠慮《えんりよ》がちながら鼻水や涙《なみだ》や涎《よだれ》をぬぐってやると、子供はようやく少し落ち着いた様子で応じてきた。

「ぐす……うー、あじがどう、おでぇちゃん、うー」

「あ、いえ、どういたしましてです」

なぜか恐縮《きようしゆく》してぺこりと頭を下げる我らが神。もうなんていうか……たまらなさすぎる。

これだから椎名真冬の尾行はやめられないっ！

「あの……それで、どうかしたのですか？　転《ころ》んじゃったのですか？」

椎名真冬が心配そうに質問する。すると、どうやら子供の方も彼女の醸《かも》し出す独特の雰《ふん》囲《い》気《き》に安心したのか、鼻をすすりながらもようやく泣き止《や》んできちんと喋《しゃべ》り出した。

「ううん……ころんでないよ」

「そうですか。……えと、お父さんやお母さんとはぐれてしまいましたか？」

「ううん……おとーさんとおかーさんは、あそこ……」

そう少年が指差す先には、主《おも》に食料品を取り扱《あつか》っているスーパーがあった。ちなみに子供が泣いていたのも、正確に言えば道路ではなくちょっと入った、大分スペースのあいた駐車場《ちゅうしゃじょう》の方だ。大方、両親が買い物している間少し駐車場で遊んでいた、といったところなのだろう。店から少し距離《きょり》のある方面なので、駐車場ががら空《あ》きの現在わざわざこちらに止める車もいないだろうことを考えると、そう危険な遊び場でもない。

――しかし、迷子でも怪我《けが》でもないとなると、いよいよなんで泣いていたのか分からなくなる。我らが神も首を傾《かし》げた。

「ではどうされたのですか？」

「……くるまに、ひかれちゃって」

「ええ⁉」

『（ええ⁉）』

これには流石《さすが》の一年C組も全員驚《おどろ》いたが、しかし、続いての説明ですぐに納得する。

「これ……どうろにおとして、ひかれちゃって……」

そう少年が差し出したのは、何かの袋《ふくろ》だった。どうやら轢かれたのは物らしい。我々も椎名真冬もホッと胸をなで下ろしたが、しかし、すぐに別の事態に気がつく。

「あ、これって……」

少年がまた泣き顔になりかけながらも差し出した「それ」は、まさに、椎名真冬が持っているのと同じ袋だった。つまり……ゲームショップの、袋。彼女が「中を見ていいですか？」と少年に了承《りょうしょう》を得て確認すると、出て来たのは案の定《じょう》、パッケージごと割れてしまった、今日発売の例のソフトだった。

少年が再びしゃくりあげだしながら説明する。

「おとーさんにかってもらって……うれしくて……でもここであそんでたら……こわいおにーちゃんたちがちかづいてきて……それで……それで、びっくりして、う、うー、うぐ」

それ以上はまた泣き出してしまって聞けなかったが、大体の事情は察せた。同時に一年

C組全員が「やっぱりもう一発ずつ殴《なぐ》ってきてやろうかあいつら」と思ったのはさておき、とにかくこの少年はヤツらに絡《から》まれそうになり、びっくりしてソフトを落として、それが運悪く車に轢《ひ》かれてしまって、今泣いているということなのだろう。

……皮肉な話だ。ソフトが壊《こわ》れたおかげでソフト狩り連中は子供に絡まず撤退したようだし、それ自体は良かったと思うんだが、しかしなんの皮肉か、ソフトが狩られたなら俺達がさっきヤツらを警察に引き渡《わた》したために返ってくる可能性もあったことを考えると……なんだか、妙《みょう》なモヤモヤに一年C組全員がテンションダウンしてしまった。

しかしそんな中。

我らが神だけはなぜか、笑顔だった。

『?』

子供も俺達も、誰一人《だれひとり》理解出来ない、笑顔。

椎名真冬はその澄《す》み切った、「本当に良かった」といった様子の笑顔を子供に向けた。

「ふふ、運が良かったですね、お子さん」

「？　う、うんがよくなんかないよ！　な、なんでそんなことというの⁉」

『(?_)』

我らが神には申し訳ないが……子供の言う通りだ。なんて、らしくない、無神経な言葉なのだ、椎名真冬。確かに絡まれなかったことに関しては運が良いと言ってもいいが、しかし——って、あれ？　彼女はソフト狩り集団の存在を知らないはずでは？　さっきの子供の話から「絡まれなくて」良かったと言ったのか？　いや、でも、あの話だけでは子供が勝手に人に怯《おび》えてソフトを落としたようにしか聞こえないはず。だったら我らが神は一体何を——

「お子さん。よーく聞いて下さいね。なんと真冬は、魔法遣《まほうつか》いなのですよ！」

「——は？」

『——は？』

子供と全く同じ反応を俺達もしてしまう。誰《だれ》もが話についていけない中、我らが神は、またも「らしくなく」、胸をむんと張った。

「ふっふっふー、です。本当に運が良かったですね、お子さん。この稀代《きだい》の魔法遣い……『現実を否定する者《アナスタシア》』の二つ名を冠《かん》するこの真冬に出逢《であ》えたことは、僥倖《ぎょうこう》としか言いようが無いと思いますです」

「ぎょーこー？」

な、なんか我らが神が俺達みたいなこと言い出した！　なんですかその痛々しい二つ名！　俺達じゃあるまいし！　それは確かに一年C組たるもの二つ名は持つべきですが、しかし、しかし、我らが神は我らが神だからこそ、そんな、俺達みたいなことをしちゃいけないのにぃ！　きぃー！

しかし彼女は相も変わらず不敵な様子で、子供さえもぽかんとする中、めちゃくちゃになった彼のゲームの入ったしわくちゃの袋を掲《かか》げ、「らしくない」大声を張り上げた！

「では見せてあげましょう、真冬一世一代の奇跡《きせき》を！　うーっ、は————！」

「！」

彼女は声をあげると共にくるりと子供に背を向ける。その様子を我々一年C組も呆然《ぼうぜん》と、ちょっとした失望も含《ふく》めて見守っていると——

彼女はポシェットから取り出した自分のソフトと彼のソフトを、袋ごと入《い》れ替《か》えた。

『（っ！）』

俺達が愕然《がくぜん》とする中、手早く作業を終えた椎名真冬はくるりと振《ふ》り返り、「じゃーん」という古い効果音と共に子供へと「くしゃくしゃになってないゲーム袋《ぶくろ》」を提示した。瞬《しゅん》間《かん》、子供の顔がキラキラと輝《かがや》く！

「うわー！　す、すごい！　どうしてっ、どうしてっ⁉」

言いながらも椎名真冬からそれを受け取り、恐《おそ》る恐る中身を見て……当然ながらゲームが真新しい状態なのを確認して、狂喜乱舞《きょうきらんぶ》する子供！

「すっごぉーい！　うわぁ、うわぁ、やった！　なおった！　なおったよおねーちゃん！」

「ふふ、良かったですね。見ましたですか、真冬の奇跡を！」

「うん、みた！　すごい！　すごいよまほーつかいのおねーちゃん！　ありがとう！」

「どういたしましてです。では真冬、帰りますです。もう落としちゃ駄目ですよ？」

「うん！　うん！　だいじにする！　ありがとー、おねーちゃん！　ほんとにありがとー！」

ぶんぶんと大きく手を振る少年に、照れくさそうにちょいちょいと小さく手を振って、その場を去る我らが神。

そんな光景に、俺達は……。

俺達は……。

『うぉおおおおおおおおおおおおおおおおおおおおおおおおおお！』

意味も無く雄叫《おたけ》びを上げていた！　もう、なんていうか、感情がっ！　感情が抑《おさ》えきれない！　感情の行き場が無い！

『あああああああああああああああああああああああああ！』

俺達は叫《さけ》ぶ！　ただただ叫ぶ！　地鳴りの如《ごと》く叫ぶ！　最早《もはや》周囲の人がそれを「集団の声」だとさえ思わないような、一種の自然現象さながらに叫ぶ！

『うごぉおおおおおおおおおおおおおおおおおおおおおおおお！』

こうして俺達は、また一層、椎名真冬ファンクラブとしての深みにはまっていくのだぁああああああああ！　うぉっしゃああああああああいいいいいいい！

うひょおおおおおおおおおおおおおおおおおおおおお！

椎名真冬最高ぉおおおおおおおおおおおおおおおおお！

………………。

まあ、一旦《いったん》落ち着きまして。

とにかく数分間大声を上げてスッキリしたのち、俺は、リーダーとして渇《かわ》いた喉《のど》をさすりながら、皆《みんな》に声をかけた。

「……なあ皆、大声出したら喉渇いたな」

『そうですね』

「今日はちょっと疲《つか》れたし、少し高めの栄養ドリンクでも飲んじゃおうか、なあ」

『いいですね』

「では俺が代表して買ってきてやる。全員金出せ。……それはそうと、あそこに公園の水道あるな」

『ありますね』

「あるな。……集金している間に皆たまらず水飲んじゃって、栄養ドリンクいらなくなったー、お金余っちゃったねー、なんてことには、なるわけねーよな」

『なるわけないじゃないですか』

「そうだよな。……ぽけぽけの椎名真冬じゃあるまいし」

『そうですよね。ぽけぽけの椎名真冬じゃ、あるまいし』

その9　我らはあくまで日《ひ》陰《かげ》の存在

当日、椎名家における会話の一部

真冬「ただいまですー」
深夏《みなつ》「おう、お帰り。なあ真冬、お前ゲームちゃんと受け取れたか？　なんかさっきニュースで言ってたんだが、回収騒《さわ》ぎとかですげー品薄《しなうす》らしいじゃねーか」
真冬「？　そうだったの？　今日はゲームが楽しみすぎて、ネットチェックしてなかったです」
深夏「らしいぞ。まあ回収っつってもゲーム自体にはなんの問題もねーから普通《ふつう》にやれるみたいだけど。受け取れたんならラッキーだったな」
真冬「あ、そうなんだ。……うん、進めなくなるバグとかじゃないなら、良かったです！」
深夏「だよな。……と、おい真冬、それ、なんでそんなくしゃくしゃなんだ？　ゲームは過剰《かじょう》に大切にするお前らしくもねぇ」
真冬「あ。これはその……そう、嬉《うれ》しくて抱《だ》きしめてしまったからです！　と、というわけで、真冬部屋に戻《もど》って早速《さっそく》ゲームしますですー」

深夏「おう、楽しめよー」
真冬「うん」
深夏「……と、あ、そうだ、言い忘れてた！」
真冬「？　なに？」
深夏「ついさっきの話なんだけど、なんかポストにお前宛《あて》で郵便物届いてたぞ。なんか切手とか無いから怪《あや》しいんだけど……これ」
真冬「？　なんですか？　えーと……『素敵な魔法遣い後援会《こうえんかい》より』……ですか」
深夏「なんか怪しい新興宗教とかじゃねーだろうな」
真冬「さ、さあ……あ、ここに張ってあるこのシール、真冬がよく見るマニアックなゲーム情報サイトのマークです！　なぜか真冬の注目するゲームばかりを中心的に扱《あつか》ってくれる、真冬のためにあるようなサイトなのですよ！」
深夏「へー、世の中には妙に趣味《しゅみ》の合うヤツもいるもんだな。でも、それがなんで……」
真冬「こういうサイトではアンケート答えると抽選《ちゅうせん》でゲームソフト当たったりすることがよくありますから、それかもしれませんです。ま、まあ真冬、色んなところに一杯《いっぱい》送っているから、よく覚えてないけど……」
深夏「でもなんで切手とかねーんだ？」

真冬「……あ、確かこのサイトの管理人さんがこの辺に住んでいるというのも、見たことある気がしますです！　そもそも真冬、それで親近感持ってよく見るようになったのです！　だからもしかしたら直接持ってきてくれたのかもです！」
深夏「ふーん、そんなこともあるんだな。でも一応危ないからあたしが開けるぞ？　よっと……あ、やっぱりお前の言う通りだったわ」
真冬「どうしたのお姉ちゃん？……あ、それって……」
深夏「今日発売の、お前が買いに行ってたゲームだな。かーっ、タイミング悪いなぁ！　先に届いてればわざわざ買わなくても良かったものを——って、どうした真冬、なんでそんなニコニコしているんだ？」
真冬「へ!?　い、いや、なんでもないよ、なんでもないよお姉ちゃん」
深夏「そうか？　まあ、ならいいんだけど。しかし律儀《りちぎ》に管理人が直接ねぇ……この辺の住人には変なヤツ多いんだな——って、あれ、真冬？　なんだあいつ、急に部屋に帰りやがって。ゲームがすぐにでもやりたかったのかもしれねーが……今手に入ったわけでもあるまいし、あいつもたいがい変な奴《やつ》だなぁ」

「す、す、スクープだらけですわぁあああああああ！」by藤堂リリシア

二年B組の進級〜動乱の章〜

【二年B組の進級 ～動乱の章～】

杉崎鍵《すぎさきけん》 編

「巡《めぐる》のマネージャー？」

ぽかんと訊《たず》ねる俺に、巡が「そう」と偉《えら》そうに胸を張る。

「あんた生徒会もバイトも急遽《きゅうきょ》休みになって、放課後空《あ》いたんでしょ？」

「まあそうだけど……」

「だったら、私のマネージャーやりなさいよ」

「……なんで？」

正直全く話についていけてない。なんかの話の流れでこうなったはずなんだが、まるで小説の最序盤《じょばん》を読み始めた時のように状況《じょうきょう》が理解出来ない。

整理しよう。まず、今日の放課後は生徒会もバイトも無い……これは、その通りだ。

生徒会に関しては「誰《だれ》かが欠けている」というよりは「私的な事情で全員満遍《まんべん》なく微妙《びみょう》に都合《つごう》悪い」という日だったので思い切って休みになった。いつもなら雑務があるため一人でも多少活動するところなんだが、それだと他の皆が気にするということで、雑務も休みだ。

で、バイトの方なんだが、今日はコンビニのバイトさんが休むために、基本平日は入らない夕方のシフトに入る予定だったのだが（これが生徒会が休みになった「俺の事情」でもある）。なんか急遽休まなくても良くなったとのことで、俺もお役ご免《めん》となってしまったわけである。

まあ、だから、確かに、俺にしては珍《めずら》しく「放課後何も無い」日ではあるんだが……。

巡が「だからぁ」と面倒《めんどう》そうに説明する。

「今日、うちのマネージャーもたまたま休みなのよ。丁度《ちょうど》いいじゃない」

「……なにが？」

「あんたがマネージャーやれば、皆幸せじゃない」

「……なんで？」

「だーかーらー」

なんか俺が飲み込み悪い子みたいなテンションで巡が接してきてるが、正直全然納得いかない。助けを求めるように傍《そば》に居た中目黒《なかめぐろ》に視線をやると、こいつは相変わらずの無邪《むじゃ》気《き》な笑顔で俺に微笑《ほほえ》んだ。

「ボクも杉崎君は巡さんのマネージャーをやったらいいと思うよ」

「う、裏切り者！　お前だけはいつも無駄《むだ》に俺の味方だと思ってたのにぃ！」

「無駄に味方って」

「なんで俺を死地に追いやるような意見に賛成なんだよ、お前は！」

「死地なんてまた大袈裟《おおげさ》な――って、いや、うん、分からないじゃないかな」

「おーい、そこのエロ男と下僕《げぼく》ぅ？」

『すいませんでした』

中目黒と二人即座《そくざ》に頭を下げる。……それにしても中目黒、すっかり二年B組の生態系に馴染《なじ》んだな……それがいいことなのかどうなのか微妙だが。

中目黒が咳払《せきばら》いして真面目《まじめ》に意見する。

「冗談《じょうだん》はさておき、ボクはてっきり、杉崎君なら二つ返事で引き受けると思ったんだけど……」

「おいおい、正気かクロマグロ」

「なんか今頃《いまごろ》意外なカタチで名前間違《まちが》えられた!?」

「お前、なにが悲しくて巡にこき使われるバイトなんざやらにゃあ――」

「え、でも、マネージャーさんって、他のアイドルさんに会える可能性あるよね？」

「謹《つつし》んでマネージャー業を引き受けさせて頂きましょうお嬢様《じょうさま》！」

俺は一瞬《いっしゅん》で巡にかしずいた。なぜか巡が額《ひたい》の血管をひくひくさせながら笑う。

「ま、まあ、引き受けた理由はさておき、いいわ。じゃあ放課後は私についてくること」

「お任《まか》せ下さいませ、お嬢様」

「……なんかムカつくから、呼び方と喋《しゃべ》り方普通にしてくれるかしら」

「うぃーっす、めぐっちょ」

「いや普段《ふだん》より砕《くだ》けたわよねぇ⁉　なんか馬鹿《ばか》にされてる感じがするからやめて！」

「ふ、分かったよマイハニー」

「よしそれでいいわ」

「いいの⁉　正直ボケだったんですけど⁉」

とにもかくにも、そんなわけで俺はこうしてめでたく巡の一日マネージャーに就任した。

……まあ。

真面目な話、丁度いい機会だとも思ったし、な。

＊

「あれ、巡と二人で帰るなんて珍しいな、鍵」

「ん？　なんだなんだ？」

放課後、約束通り巡についていこうとすると、あのやりとりの時教室に居なかったため事情を知らない深夏《みなつ》と守《まもる》が寄ってきた。俺に代わって、中目黒が応じてくれる。

「あ、杉崎君、今日は巡さんのマネージャーやるんだよ」

「巡のマネージャー？　鍵が？」

「んだそりゃ、珍しい」

普段の俺と巡の犬猿《けんえん》の仲ぶりを知っているからか不思議そうにする二人に、俺はニカッと満面の笑みを向ける。

「ああっ！　だって他のアイドルに会えるかもしれないだろっ！」

『あー』

二人とも妙《みょう》に「得心がいった」という風なリアクション。

巡が不服そうにしながらも「そういうわけだから」と俺の手をぐいっと引く。

「今日はこいつ、私のモノよ。生徒会じゃなくて、私の。いいわよね、深夏」

「ふへ？」

なぜか巡が少し刺々《とげとげ》しい態度で深夏に訊ねる。……俺は「またか」と思ったが、特に口も出さず状況を見守った。

深夏の方はいつもの様子で――というか何も気にしてない様子で「ああ」と笑う。

「今日は生徒会もねーし、存分にこき使ってやれよ巡！」

「……ええ、そうさせて貰《もら》うわ」

深夏に了承《りょうしょう》を得たというのに、巡はなぜか悔《くや》しそうにして立ち止まってしまっていた。

……うーむ。

この微妙な空気に気を遣《つか》ったのか、守が唐突《とうとつ》に不自然なテンションで声をあげる。

「じゃ、じゃあ、オレ達も帰るか、な？　善樹《よしき》、深夏」

「おう、そうだな。あたしも今日は早めに帰らないとだし」

「あ、ごめん守君、ボク今日はちょっと寄り道して帰るから……」

中目黒が本当に申し訳なさそうに謝る。単純に一緒《いっしょ》に帰れないことだけじゃなくて、この微妙な空気で誘《さそ》いに乗れなかったことを謝っているのだろう。

しかしそれを察せない守じゃあない。すぐに「お、そうか。いいっていいって！」と笑うと、そのままの流れで明るく続けた。

「んじゃあまあ、今日はオレと深夏、二人だけで帰るっつうことで――」

——と、そこで言葉が止まり、なぜかカチーンと硬直《こうちょく》する守。……？　なんだ様子がおかしいぞと俺が思ったのも束《つか》の間、直後には深夏が言葉を継《つ》いでいた。

「おう、そーだな。ん？　よく考えたら守と二人で帰るのってかなり珍しいな」

「は……は、は」

なんだろう、守が脂汗《あぶらあせ》を垂らしている。どうしたんだ。様子がおかしいにも程がある。

しかしどうも深夏は何も気付いていないらしく、バンバンと守の背を叩《たた》いた。

「んじゃあ帰ろうぜー、守！」

「あ……あ、ああ」

深夏に促《うなが》され、守が本当にぎこちない……ロボットみたいな動きで歩き出す。ま、まあよく分からないが、見る限り体調が悪いというわけでもなさそうだ。

彼らに続くカタチで、俺も巡に声をかける。

「じゃあ、俺達も行こうぜ、巡」

「え？　あ、そ、そうね……うん。…………」

「？　どうした巡、なんか顔赤いぞ？」

「な、なんでもないわよ！　べ、別に緊張《きんちょう》とかしてないんだからねっ！」

「……はあ」

なんだなんだ、このツンデレみたいな反応は。緊張って……はっ！　そうか！　分かったぞ！　これはつまり……仕事で緊張しているんだな！　そうに違《ちが》いない！　そこそこ芸能界でやっているのに未《いま》だに仕事で緊張するということを、俺達には隠《かく》したかったに違いない！　ふふふ、巡め、まだまだよのぅ。

そんなわけで俺達も深夏と守と一緒に教室を出ようと歩き出すも、なぜか中目黒が一緒に来なかったので教室を振《ふ》り返る。すると、彼は自分の机に軽く腰《こし》掛《か》けたまま、窓から差し込む夕日を背に、少し照れたような笑顔を見せた。

「あ、気にしないで。ボクは、ここでちょっと時間潰《つぶ》してから出るから」

「？　そうなのか？」

「うん」

「…………」

なにかが釈然《しゃくぜん》としなくて中目黒の顔をジーッと見つめてしまう。他の三名は特に何かを気にした様子も無くそれぞれ中目黒に別れの挨拶《あいさつ》をして、教室を出てってしまった。しかし……それでもなぜか俺は、その場に少しとどまってしまう。

「杉崎君？」

中目黒が不思議そうに首を傾《かし》げる。俺は……俺は、気付いた時には自分でもよく分からないことを、彼に訊《たず》ねていた。

「お前……大丈夫《だいじょうぶ》、か？」

「え、なにが？」

「……いや、うん」

何を訊《き》いてんだ俺は。自分でも意味が分からん。ほら見ろ、中目黒もぽかんとしているじゃないか。

俺はなんだか無性《むしょう》に照れくさくなって、頭をガーッと掻《か》く。

「わるい、なんでもない。じゃあな、中目黒」

「うん、じゃあね杉崎君。また明日《あした》」

中目黒はそう言って小さくバイバイと手を振る。……うっ、やべぇ、今一瞬可愛いと思ってしまった！　かぁーっ、あいつはなんでこう一挙一動がいちいちうちのクラスのどの女子より女子っぽいかね！　まったく！

俺はそれ以上彼を見ていられず、教室を出て、巡達を追った。

四人で玄関《げんかん》まで歩き、靴《くつ》を履《は》き替《か》える。そうして校門を出たところで、巡の事務所が遣わしたらしい車が止まっていたので、俺達はそこで別れることにした。

「じゃあな、深夏、守」

声をかけると、守が未《いま》だにぎこちない様子で「お、おおう」と返し、そして深夏は——

「おう、じゃあな鍵！　愛してるぜー！」

——と、最近の「デレ期」らしいちょっとふざけた、でも妙にストレートな好意を含《ふく》んだ言葉を俺に投げかけてきた。

刹那《せつな》——宇宙姉弟《うちゅうきょうだい》の表情が、強《こわ》ばる。

……また、か。

「……行くわよ、杉崎」

巡が俺の腕《うで》をぐいっと引っ張り、車内に強引《ごういん》とも言える力で引っ張り込む。

守達もまた「じゃ、いこうぜー！」という何も気にした様子の無い深夏が先導するカタチで帰路へとついていった。

「今日は一旦《いったん》事務所の方で」

「かしこまりました」

巡が運転手に声をかけ、同時にドアが閉まり、そして、ゆっくりと発車する。

「…………」

なぜか巡は、いつもの高いテンションで俺につっかかることもなく、複雑そうな表情で窓の外を流れる景色を眺《なが》めていた。

俺もこの微妙《びみょう》な空気の中でどう声をかけていいのか分からず、黙《だま》って、逆側の窓から外を眺めてぼんやりと考え事を始めた。

――最近、宇宙姉弟の様子がおかしい。そしてその理由が、どうにも分からない。

俺が巡のマネージャーを引き受けた「マジな」方の理由が、これだ。二人の様子がおかしい原因が、なにか少しでも分かればいいなと思う。

………………とはいえ、まあ、思い当たる節《ふし》が全く無いわけでは、ない。

なんとなくだが……深夏が俺への態度を変えたことに端《たん》を発している気は、する。

ただ、それがどうして二人の態度の極端《きょくたん》な変化に繋《つな》がるのかは、良く分からない。

「……ふぅ」

俺らしくないにも程がある陰鬱《いんうつ》な溜息《ためいき》で車の窓を曇《くも》らせる。……まったく、勘弁《かんべん》してほしい。卒業式間際《まぎわ》でこれとは。ただでさえ日々の生徒会活動に寂《さび》しさが漂《ただよ》い始めてまいっているというのに、その上クラスまでぎくしゃくされたんじゃ、たまったもんじゃない。

まあ不幸中の幸《さいわ》いと言えるのは、普段なら仲間の変化にさといはずの深夏が、自分自身の「デレ期」に浮かれているせいか、全くそういったことに気付かず明るいままでいてくれていることだが。

　それでもやはり、二年B組がこんな状態なのは、見ていられない。

　宇宙姉弟は良くも悪くもクラスの中心人物達だ。その二人が元気無いが故《ゆえ》にクラス自体の温度も低下気味……というのは、自分でも意外なほど俺の心にダメージを与《あた》えていた。どうやら俺は、もはや生徒会と同じくらい、この二年B組という集団が好きだったらしい。あまり意識してなかっただけに、ちょっと驚《おどろ》きだ。飛鳥《あすか》のことが好きだと気付いた時の、あの頃《ころ》の気持ちに近い。

　そして、だからこそ進級する前に二年B組を——宇宙姉弟をいつもの笑顔に戻《もど》したい。

　そう、出来るなら中目黒が来てすぐの妙に騒《さわ》がしかったあの時期と同じぐらいに——

「あ」

「？　どうしたのよ杉崎」

「……いや、なんでもない。巡は気にせず、続けてエロいこと考えていていいぞ」

「そう、ならお言葉に甘えて──って、そんなこと考えてないから！」

ははは、と受け流しつつ、俺は再び窓からの景色を眺める。

そうだ。

今日の中目黒のあの顔……いや、目。

あれは、ここに来たばかりの頃の……俺に相談をした時の、あの──

あの、後悔《こうかい》と諦観《ていかん》が入り交《ま》じったような悲しい瞳《ひとみ》に、そっくりだったんだ。

椎名《しいな》深夏　編

「じゃ、いこうぜー！」

巡と鍵の乗った車を見送ったあたしは、車が行ったのとは反対方向である帰路に向けて歩き出した。しかし、数歩歩いたところで違和感《いわかん》に気付いて振り返る。すると……守が、一応あたしについてきてはいるものの、とんでもなく緩慢《かんまん》かつぎこちない動きで歩いていた。

「な、なにしてんだ、お前？」

あまりの異様さに思わず訊《たず》ねるあたしに、守は完全に目が泳いだ状態で歪《いびつ》に笑う。

「あ、あ、歩いているだけだが？」

「そんな出来の悪いAS○MOみたいな動きでか？」

「……ちょ、直立二足歩行っていうのは、実はとても難《むずか》しいことらしいな、うん」

「いや、まあそうかもしれねーけどさ……」

「う、うっし、大丈夫、こういう時こそ超能力《ちようのうりよく》を使ってシンプルに状況《じようきよう》解決だ！」

「おお、流石《さすが》守だぜ！　超能力さえ使えばなんでも簡単に出来るもんなっ！」

「ああ、その通りだぜ。ではまず『透視《とうし》』で周囲の状況を確認、『マインドリーディング』で他人の動きに注意しつつ、万が一を考えて『未来予知』でも常に警戒《けいかい》、その上で今空を飛んでいるカラスを『視界ジャック』して、一旦俯瞰《ふかん》視点でオレという人間を客観視、『視界内の人間を操《あやつ》るギアス』を自分に使用することでようやく足を一歩前に――」

「複雑すぎるだろっ！　それ、普通《ふつう》に歩くより遥《はる》かに難易度上がってるよなぁ⁉」

「お、よっっしゃ、へへ、見てくれ深夏、歩けた歩けた」

「お、おお、すげぇな、超難解操作の割には確かに普通に歩けてるぜ……」

　守は本当にスタスタと歩いていた。それはもう迷いなく、一直線に……校門の壁《かべ》に向かって、おでこを接触《せつしよく》させながら、一心不乱にスタスタスタスタスタ体を動かし――

「下手《へた》なバイ○ハザードみたいになってるじゃねぇかよ！」

「だ、大丈夫だ、問題ねぇって。えーと、右に行け――って、うわ、左曲がった、いやそうか鳥から見て右に行くということはつまりオレ本体は左に……おっとぉ！　ここでなぜかジャーンプ！」

「完全に操作系統こんがらかっているじゃねぇかよ！　もう超能力やめろよ！　普通に歩けよ！」

「わ、分かった、超能力オフ！………お、おおっ！　右足を動かそうとすれば右足が動く！　なんて分かりやすい直感的インターフェースなんだ、自分の体！」

「目から鱗《うろこ》の感想だな」

「うっしゃ、これはいけるぜ！　待たせたな、深夏！　オレはもう大丈夫！」

「ああ、じゃあ帰るぞ、二人で」

「……ああ、帰るか二人で！……二人で？」

「ああ、他に誰《だれ》がいんだよ。ほら、いくぞ――」

「うぎ、ぎぎ、ぎぎぎぎ、ぎぎぎぎぎぎぎ」

「さっきより更《さら》に動けてねぇだと!?　なんでだよ！　なんでお前この短時間で完全に体錆《さ》び付《つ》いてんだよ！　っていうか、そもそもなんで普通に歩けねぇんだよ！」

あたしがちょいと苛立《いらだ》ちを含んだ視線を向けると、守は焦《あせ》った様子でわたわたと手を振《ふ》って説明してきた。

「ち、違《ちが》うんだ！　オレは……オレは、お前とさえ一緒《いっしょ》じゃなきゃ、普通に歩けるんだよお――――――！」

「なんだその急な責任転嫁《てんか》っ！　っつうかそもそも守が一緒に帰ろうって言い出したんだろっ！」

「や、だ、だからその、そうじゃなくて……オレは……」

「なんだよ……」

「お、お前以外の相手となら、すこぶる元気に帰れるんだよっ！」

「えええええええええええ!?」

なんか守が顔を真っ赤にして言ってきやがった！　なんだそれ！　なんで……なんであたしそんなに守に嫌《きら》われてんだよ！

「あ、あたしは傍《そば》にいるだけでお前から歩行能力奪《うば》うほどの天敵認定されてるのか!?」

「え!?　い、いや違う！　全然違う！　むしろ逆なんだって！」

「逆？」

「あ」

守が、今度は「しまった」というような表情を浮《う》かべている。ふむふむ……これは、何か予定してなかったことに関してつい口を滑《すべ》らしたっつうことだな。つまり、そこから推測されることは……。……逆……。……ハッ！　つまり、それは……。

あたしが問題なんじゃなくて、他のヤツと一緒に居たかったんだと、そういう——

「み、深夏……？」

刹那。あたしの脳に、天啓《てんけい》とも言うべき衝撃《しょうげき》が走った！　つまり、あたしは一瞬《いっしゅん》で、守に関する全ての真実を理解してしまったのだ！　そうか……今までの意味不明発言や、行動など……これなら全ての伏線《ふくせん》が、カチリと整合する。

そうなると……そうなると……ああっ！　あたしは、守に対してなんて無神経な発言を繰《く》り返してきたのだろう！　自分の鈍感《どんかん》さに辟易《へきえき》する。そうか……そうだったのか、守よ……ごめんな。本当に、ごめんな。

「えーと……深夏？　その……ど、どうしたんだ？　まさか……今ので、オレの……」

なんかモジモジした気持ち悪い動作をしている守に、あたしは……あたしは、確信をもって頷《うなず》いた。

「全部……分かっちまったぜ」

「！」

瞬間、守の顔が一瞬青ざめ……しかし、直後には、キッとその目に今まで見たこともない決意を、漲《みなぎ》らせていた。そうして、彼はあたしを正面からしっかり見つめて、その告白を……行ってきた。

「ああ……好きなんだ。昔から、どうしようもなく。……ずっとずっと、好き、だった」

「……やっぱりな」

「深夏……でもオレは……オレはっ！」

顔を真っ赤にして、衝撃の告白をしてくる守。あたしは、彼の気持ちを深く察して、ぽんぽんと肩に手を置いてやった。

「大丈夫《だいじょうぶ》、全部分かってるさ、言わなくていいぜ、守……。そうか……悪かったな、長いこと、分かってやれなくて……」

「深夏っ！　そんな……そんなことない！　もう、オレも分かってるから……お前は……杉崎が……。で、でも、オレは……オレはお前のその言葉だけで、もう、本当に、充分報《じゅうぶんむく》われて……だからちゃんと終わらせられ……うっ、うっ」

遂《つい》には守がなんか泣き出してしまった。そうだな……彼の心情は、察するに余りあると言えるな。あたしは自分までなんだか涙《なみだ》ぐんでしまいながら、項垂《うなだ》れて泣く彼の頭に手をやり、くしゃくしゃと撫《な》でてやる。

「辛《つら》かったな、守……」

「そんな……そんなことっ！　そんなこと、ねぇ！　ずっとオレは……オレは猛烈《もうれつ》に幸せだったっ！　幸せ、だったさ！」

「お前って奴《やつ》は……。……ふっ、でも安心しろ。もう大丈夫だ、守。これからはあたしが……あたしが、お前を支《ささ》えていってやる！」

「え。…………え。…………………え⁉」

守が、何を言われたのか分からないといった様子で、ぽかんとこちらを見ている。なんか衝撃受け過ぎじゃないかとは思ったものの、まあ彼の隠《かく》し通してきた秘密を考えればその反応も分からないじゃないため、あたしは出来るだけ優しく答えようと、らしくはないものの、小首を傾《かし》げ、精一杯《せいいっぱい》女の子らしい瞳で彼を見つめた。

「あたしじゃ、不満か？」

「ぐふぅっ！」

なんか途端《とたん》に守が顔中の色んな穴から色んな液体を噴《ふ》き出して倒《たお》れた。思わず駆《か》け寄《よ》ると、彼はよろよろとだがなんとか立ち上がり、そして、汚《よご》れきった顔をティッシュで拭《ぬぐ》いまくりながらあたしの目を見返してきた。

「そ、そ、それは、その、深夏、つまり、お前、でも、や、だって、杉崎が」

「落ち着け守。大丈夫、あたしは、全部ちゃんと分かった上で……そう、あいつ……鍵のこともちゃんと考えた上で……お前に、答えたんだ」

「じゃあ……じゃあっ！　深夏っ！　お前、本当にっ！　オレとっ！」

「ああ！　そうだ！　安心しろ！」

そう言って、あたしはちょっと迷ったものの、「その真実」を考えれば大したことじゃないなと腹を括《くく》り、彼の頭をぎゅうっと抱《だ》きしめてやった！

瞬間、今度はもう噴き出す液体がなかったせいか顔が尋常《じんじょう》じゃない、目玉焼きどころかオリハルコンさえ溶《と》かせそうな熱を発したので、あたしはすぐに離《はな》れた。

約一分後、なんとか熱を冷まして人間らしくなった守が、あたしの正面に立ち……顔を完全に背《そむ》け、そしてふらふらとした様子ながらも、なんとか、手を、差し出してきた。

「？　守？」

「守⁉」

「あ、あくしゅ……」

「？」

「そ、その、いろいろ頭が追いつかねーから、と、とりあえず、握手《あくしゅ》から……お願い、したいと、思い、まして」

未《いま》だぎこちない様子ながら手を差し出す守。あたしは当然、満面の笑みでそれを受けた。

「ああっ！　いいぜっ！　よろしくな、守！」

ガシッと手を握《にぎ》るあたし。すると守は再び「はふぅ……」となぜか気を失いそうになったものの、なんとか堪《こら》えた様子で、どうにかこちらを見て、笑った。

「よろしく……、お、お、お願い、し、しま、します……」

「おうよっ！」

あたしは握手をしていない方の手で彼の肩《かた》をバンバン叩《たた》き、そして——彼を安心させるため、改めて、思いっきり決意表明をしてやった！

「お前と鍵が性別の壁《かべ》を超《こ》えて愛し合えるよう、このあたしが全力で応援《おうえん》してやるぜ！」

宇宙守　編

「おーい、守？　どうした、急にバス停のベンチなんかに腰掛《こしか》けて」

深夏がオレのことを心配げに見てくれている。オレはコートのポケットからケータイを取り出して彼女に爽《さわ》やかな笑顔を返した。

「ああ、ごめん。ちょっと野暮《やぼ》用だ、時間潰《つぶ》して待っててくれるか」

「構わねぇけど、今日はあたし少し急いでいるから、出来れば早めにな」

「ああ、わりぃ」

暇《ひま》そうに深夏がオレから離れ、その辺にあった石ころで尋常《じんじょう》ならざる上手《うま》さのリフティングを夢中で始める。オレはそれを実ににこやかに見守り、さて——


「(どうしてこうなったぁ——————————————!?)」


神に祈《いの》りを捧《ささ》げるような体勢で項垂れた！　ケータイを両手でぎゅうっと握り込む！　顔を汗《あせ》だか涙だか鼻水だか分からない液体がつたいまくる！

「(なんだ!?　何が起こった!?　なに!?　スタ○ド攻撃《こうげき》!?　もし○ボックス!?　固○結界!?　リーディン○シュタイナー!?)」

あまりの異常事態にオレの心はパニックどころの騒《さわ》ぎじゃない。もはやラグナロクだ。心象風景が終末戦争状態だ。壊滅《かいめつ》というよりは、前衛芸術的混沌《こんとん》というか……もうとにかく意味わかんねぇ！

「（お、お、落ち着けオレ。……そうだ、少しだけ記憶《きおく》を掘《ほ》り起《お》こせ。そう、数秒前まではオレ、天国に居たじゃねぇかよ！）」

そうだ。深夏が……あの深夏が、オレの告白に応じてくれるっていう、オレが幽霊《ゆうれい》だったら完全成仏《じょうぶつ》モノのイベントがあったはずだ。

なのに、なんだ今のこの状況《じょうきょう》は。人の人生って、たった一言でここまでガラリと変化出来るものなのか！

急転直下とはまさにこのこと。っつうか、急転直下にしたところで、一旦《いったん》天国まで持ち上げてから地獄《じごく》の一番深いところまで落とすっていう、これ以上ないレベルの落差でやられたため、オレの心は今や複雑骨折状態だ。おかげで思考がまるで進まない。

「（いや……うん、これは、夢だな、ああ。そうだ、何か聞き間違《まちが》えたに違いない！）」

そうだ。こんな混沌が、現実にあり得るはずがない。

オレは顔を上げると、シルク・ド○・ソレイユも泣いて謝るような動きで一心不乱に小石リフティングを続けている深夏に声をかけた。

「な、なあ深夏、さっきのオレの告白なんだが、その、ちゃんと意味、伝わってるよな？」

「ああ？　なに言ってんだお前。あんな大事なこと、取り違えたりするはずねぇだろ」

石を蹴《け》り上げながらこちらも見ずに当然といった様子で答える深夏。オレはホッと胸をなで下ろした。

「そ、そうだよな。大事な告白の意味を取り違えるなんて、いくらお前でもそんなガサツなことはあるはずないよな」

「あったりまえだぜ！　安心しろ！　ちゃんと伝わってるぜ、お前の……」

「ああ……」

「お前の、鍵に対する熱く滾《たぎ》った恋心《こいごころ》はっ！」

「（なに一つ正しく伝わってねぇえええええええええええええええええええええ！）」

びっくりするほどの齟齬《そご》だった。異なる人種が全く違う言語と全く違う価値観の上で会話を行っても、ここまでの致命的《ちめいてき》齟齬は起こらないんじゃないかというレベルだ。

と、とにかく、まずは現実を認めよう。ああ、どうやらオレは完全に勘違《かんちが》いされている。

なぜか、勘違いされている。

でも、だったら、訂正《ていせい》すればいいだけじゃないか。

「（へ……動転しすぎだぜ、オレ）」

ようやく少し平静を取り戻《もど》す。告白っつう一世一代のイベントで既《すで》にテンパってるところにこの勘違いで完全にパニクったが、なに、よく考えりゃあ、全然フォロー可能な事態じゃねぇか。全く、焦《あせ》らせやがって。

オレはベンチの背もたれにゆったり背を預け、足を大きく開いてリラックスした体勢にシフトすると、深夏に軽く声をかけた。

「なあ深夏。さっきの話なんだがな、あれは全くのかんちが――」

「それにしてもお前も鍵のことが好きだったとはなぁ……。悪かったな、気付いてやれなくて」

リフティングは続けているものの、なんだか本当に申し訳なさそうなテンションで深夏が謝り出した。な、なんだこりゃ。と、とにかく誤解を――

「いや深夏、だから、オレは――」

「みなまで言うな守！　分かってる！　分かってるさ！」

「そ、そうか？」

「ああ……。たとえ報われなくても、恋って、それだけで幸せでもあるんだよな……」

「え。いや……あ、まあ、うん、それはそうなんだが……」

「だから、お前も、たとえあたしや鍵から無神経な言葉をかけられたとしても、友達として鍵の傍《そば》に居られる……それだけで、幸せ、だったんだよな」

「いや、だから深夏、そうじゃなくて——」

「そう、分かってる！　そうじゃないんだよな！」

「お、おう……。わ、分かってるならいいんだが……」

「そう、そうじゃないんだよな……。恋心って……結局、最後には、やっぱり本人に伝えたくなっちまう……そういう、もんなんだよな！」

「え？　あ、いや、そういうことでは——」

「ないとは言わせないぜ守！　事実、お前はこのタイミングであたしに告白したじゃねえか！　それはつまり……ずっと友達ではいられないと、そう思ったたっつうことだろ！」

「ええ⁉　いや、うん、それは確かにそうなんだが、まずそれ以前の問題で——」

「そう、それ以前の問題だ。分かってる、守。みなまで言うな」

「あ、ああ、分かってるなら……」

「そう、告白は本来、当人に行うべきもの。だけど告白以前に、最近の鍵は生徒会や、今日は巡のマネージャーなんかで忙《いそが》しくて、全然お前に構ってくれない。辛《つら》いよな……」

「うん、待て深夏、まずオレにちゃんと説明をさせてくれ」

「いいんだいいんだ守！　みなまで言うな、みなまで言うな！」

「いやいいから喋《しゃべ》らせろよ！　っていうかお前の中で今完全に『みなまで言うな』ブーム来てるだろ！」

「逃《に》げるな守！」

「ええ!?」

「そうやってふざけてばかりいたら……摑《つか》めるものも、摑めないぜ」

「真面目《まじめ》に告白したら、摑みたくないものを摑みかけているんですが今」

「ふ、素直じゃねぇな……あたしと同じで」

「わー、なんか勝手に共感されてるー」

「でもそうやって自分の気持ちから逃げてたら、駄目《だめ》なんだよ、守。あたしは……。……少なくともあたしは、自分の気持ちに向き合って、今は、幸せだぜ！」

「…………」

「へっ、なにしけた顔してんだよっ、守！　安心しろ！　あいつのハーレム思想を全面的に認めるわけじゃねーが、なんか、友達のお前が鍵を好きだっつうのは、あたし、すっげ嬉《うれ》しかったんだよ！　だから、あたしはお前を全力で応援してやる！」

「う、うん、えーと、その……あ、ありがとう？」

「どういたしましてだぜ！　みなまで言うな、みなまで言うな！」

「いやオレは何も言って──」

「分かってる、分かってる！　善樹だろ？」

「は？」

「鍵と仲のいい善樹の存在が、お前の心を激しくかき乱している……そうなんだろう？」

「いやもっととんでもないレベルで、現在進行形でかき乱しているヤツが目の前に──」

「みなまで言うな、みなまで言うな！」

「オレその言葉なんか凄《すげ》ぇ勢いで嫌《きら》いになってるんだがっ！」

「よし、善は急げだ。すぐに学校戻ろうぜ！　なに、まだ時間は大丈夫《だいじょうぶ》だ！」

「は？」

「だから、善樹に、『オレは鍵が好きだ！』って、カミングアウトしてこようぜ！」

「はぁああああああああああああああ!?」

「うっし、行くぞ！」

「ちょ、ちょっと待て！　深夏、まずオレの話をちゃんと聞け――」

「逃げるな、守！」

「聞けよ、深夏！」

「分かった！　話なら、全部が終わった後ゆっくり聞いてやる！」

「おう、それなら――って手遅《ておく》れすぎるわ！　いいから、一旦落ち着いてオレの話を――」

「今日は時間ねえって言ってんだろ！」

「なんつうワガママ娘《むすめ》！　てめぇいい加減に――」

「今日は……真冬《まふゆ》と……母さんと、新しい父さんとで、食事なんだよ……」

「あ……。そ、そうだったか……」

「…………」

「…………」

「……あたしはさ、もう鍵とは一緒《いっしょ》にいられねぇけど……。でも、来年もクラスで一緒のお前が、お前達が、変わらずわいわいやってくれてたら……いや、願わくばあたしの分まで鍵の傍にいてくれたらって……そう、思うからさ」

「……ああ……そっか……」

「だから……今のうちに、やれることは、やっておきてーんだ」

「……深夏……」

「だから、急ごうぜ、守。善樹にも、ちゃんと伝えて来よう。鍵が好きだって！」

「ああ……」

「よっしゃ行こうぜ！」

「……ああ！　行こう深夏！　悔《く》いのないように！　お前の、やりたいように！」

そうしてオレ達は駆《か》けだした。歩いてきた道を逆に、校門へと全速力で。

二年B組で過ごした素晴らしい一年に、悔いを残さぬために！

オレの、性別を超《こ》えた、恋のために！

………。

………。

…………ふぅ。

…………せーの、

『(泥沼《どろぬま》だぁあああああああああああああああああああああああ)』

オレは走りながら泣いた。むせび泣いた。号泣《ごうきゅう》も号泣、大号泣だった。

祐天寺《ゆうてんじ》つばき　編

最初に彼と話したのは、入学して二週間が経《た》とうかという頃《ころ》でした。

「……息、つまるなぁ……」

散り始めた桜を見つめながら、思わずひとりごちます。

その日の昼休みも私は校舎を彷徨《さまよ》っていました。理由は単純で、ただただ自分の教室に居づらかったからです。

都立海陰《かいいん》高校。都会の進学校だということは重々承知の上で受験したつもりでしたが、まさか、田舎《いなか》の出身中学とここまで空気が違《ちが》うなんて。

いえ、それでも入学から数日はまだ大丈夫でした。私だけではなく皆《みな》さんが初対面同士のためまだぎこちない空気で、ごく一部同じ中学同士等でグループは組まれてましたが、少なくともまだ一人で席に座っていて目立つことはなかったのです。

だけど、もう最近は違います。ぽつぽつとグループが出来だしたと思ったら、あとはもう早いものでした。いつの間にかクラスの殆《ほとん》ど皆《みんな》がいずれかのグループに所属していて。

気付いたら、私は一人のままでした。

「……はぁ」

ここ最近、一人の時は溜息《ためいき》をつきっぱなしです。……失敗したのかなぁと、気分が塞《ふさ》いでいきます。

小学校・中学校は田舎の学校で、小さい頃からずーっと共通した友達が傍に居てくれて、自分の居場所がどうこうなんて、気にしたこともありませんでした。

だけどこうして高校に入って。知り合いが居ない環境《かんきょう》に多少萎縮《いしゅく》したものの、まあ皆そうなんだから普通《ふつう》にしていればいいのだろうとぼんやりしていたら、もうこの有様です。

友達は、頑張《がんば》って作るようなものじゃなくて、気付いたら出来ているもの。それはそれで真実だと未《いま》だに信じています。でもそれは、中学までの話だったのかもしれません。

「……それに……頑張ると言っても……」

思わず愚痴《ぐち》も出ます。意地になってしまっている部分も少なからずありますが、ただ、どうもこの高校……というかクラスには、あまり私と話が合いそうな子が居ないのです。そもそも私の趣味《しゅみ》が「創作手芸」しかないという時点で「完全に話が合う」なんていうのは絶望的なんですが。

それでも中学校の子達なら「へー、手芸かぁ。どんなの作ってるの？」なんて言ってくれたものですが、ここの人達にはなんていうか、ただ一言、「は？」とだけ返されてしまいそうな空気が漂《ただよ》っているといいますか。

でもそれこそ「頑張り」で乗《の》り越《こ》えて話を合わせるべきなのかとは思いますが……話を「聞く」にも、まずは「話しかけ」なきゃいけないわけでして。

もじもじしていたら、皆がグループを組み出してしまって、それぞれが一人の時よりどんどん話しかけづらくなってしまって。

今となっては、こうして「一人になれる場所」まで探してしまう始末です。

「(遂《つい》には外にまで出ちゃったよ……)」

完全に負のスパイラルに陥《おちい》りつつある自分に辟易《へきえき》するものの、かといって今更《いまさら》行動を変えられるような勇気もありません。

最初は、図書室に通《かよ》っていました。だけど最近そこはすっかり大声で喋《しゃべ》る男女グループのたまり場になってしまいまして、私のような人間はとても居られず。

せめて一人で落ち着いて手芸に専念出来る場所でもないかと校舎内を探してみたものの、そう都合《つごう》いいスペースはなく、たまに見付けたと思ったら、不良集団やカップルが既《すで》に居座ってしまっているという状態。

そうして遂に私は外履《そとば》きを履いて校舎外にまで出てしまったのです。

「(校門やグラウンドの方は論外。……あ、裏手行ってみようかな)」

そう思って校舎を回り込んで行くと、当然のように人気《ひとけ》は全くありませんでした。

「(そりゃそうだよね……)」

昼休みにわざわざこんなところまで出てくる理由がありません。

そう考え、私は――すっかり油断してしまっていたのです。

そのままなんの警戒《けいかい》もせず裏手に回り、そしてそこに寂《さび》れた花壇《かだん》を見付けると共に――

「あ」

「え」

——一人の男子生徒と、ばったり出くわしてしまったのです。

私はぎくりと立ち止まり、男子生徒も、その場に立ち尽《つ》くしたままこちらを呆然《ぼうぜん》と見ています。

普段《ふだん》ならこういう際はすぐに謝って立ち去る私なのですが、しかし、今日はあまりに油断していたのと、そして、

「ごめんなさいっ」

「え？」

なぜかその男子生徒の方に先に謝られてしまったのもあって、どうしたものかと全く動けなくなってしまいました。

しばらく無言の時間が過ぎ。そうして、ようやく男子生徒——華奢《きゃしゃ》で小柄《こがら》な体つきの中性的な顔をした男子が、少しだけ落ち着いた様子で訊《たず》ねてきました。

「えっと、園芸部の方とか……ですか？」

「はい？」

問われている意味がよく分からず首を傾《かし》げます。そうしてから、改めて彼が花壇らしき

ものの前に立っていたなと気付き、漠然《ばくぜん》とではあるものの事情を察して答えました。

「あ、いえ、そういうわけでは。私はただの、と……」

「と?」

通りすがりです、と言おうとしたものの。途端《とたん》脳裏《のうり》にテレビ時代劇やら西部劇やらの場面が浮《う》かんで「なんかそのセリフは現実味がなさすぎる」と思ってしまい、咄嗟《とっさ》の判断で似た言葉へと取り替《か》えました。

「通り魔《ま》です」

「え」

「え」

お互《たが》い、再び無言になります。数秒過ぎたところで、彼が尋常《じんじょう》じゃない汗《あせ》を流し始めたので、私はそこでようやく自分の大失態に気付いて慌《あわ》てて訂正《ていせい》しました。

「ち、違います! 違うんです! 通り魔じゃないです!」

「で、ですよね。……ほっ」

「私はただ、誰《だれ》にも趣味を見られない人気の無い場所を探して彷徨い歩いていただけで！」

「やっぱり通り魔じゃないですかぁ――――――――！」

「ええ!?　あ。い、いやそうじゃないんですっ！　そうじゃないんですって！」

「ほ……本当ですか？」

「はい、信じて下さい。私は通り魔じゃないです！　天地神明に誓《ちか》――」

――とそこまで言ったところで、「いや、今時天地神明って、逆に軽く聞こえてしまうのではないか。もっと身近で大切なものに誓った方がリアルじゃないか」という思考が働き、私は咄嗟に最近創作手芸に使っていた――

赤い毛糸玉を取り出して、糸部分をピンと張って見せました！

「この仕事道具に誓って！」

「絞殺魔《こうさつま》だぁ――――――――――――！」

「え!?　あ、いや、ち、違います違います！」

というわけで、その後約五分に亘《わた》ってこのズレたやりとりは継続《けいぞく》されたのでした。

「え、ええと、つまり、手芸をする場所を探してただけ……っていうことでいいですか？」「はい、そうです、すいません、お手数おかけしました」

どうしてただこれだけの情報のやりとりに、こんなに時間がかかったのだろう。自分のコミュニケーション能力の低さに改めて落ち込みつつ、ぺこりと頭を下げる。

するど彼——人の良さそうな男の子は、「こちらこそ」と同じように頭を下げてきた。

「ごめんなさい、変な勘違《かんちが》いしてしまって。失礼にも程がありますよね……」

なんだか落ち込んでしまっている。私は慌ててフォローしました。

「ち、違いますよ！　私が怪《あや》しい行動していたせいです！　昼休みに校舎裏にふらふらっと来るなんて……」

「いえ、それ言い出したらボクもそうですから」

そう言って笑う彼。私もようやく、そこで「ふふっ、そうですね」と笑って、いつもの平静を取り戻《もど》せました。

誤解が解《と》けたところで、そのまま去るのもなんでしたので、私は珍《めずら》しく自分から彼に話しかけます。

「この花壇に、何か用事があったのですか？」

訊ねてみると、彼は「うん」と頷《うなず》いて、花壇の方に視線をやりました。私も改めて観察しますが……それは、周りにブロックがあるからかろうじて「花壇」と表現しているだけで、中にあるのは黒々とした土と、雑草、枯《か》れ葉《は》や小枝といったものでしかありません。

「なんとか、ならないかなぁと思って」

「なんとか……ですか？」

「うん。あ、ボクも園芸部とかじゃないし、花にもそんなに詳《くわ》しいわけじゃないんだけどね」

「はぁ……」

奇特《きとく》な人だなぁと思いました。それが顔に出ていたのでしょう。彼は途端に照れた様子で手を胸の前でぶんぶんと振《ふ》ってきました。

「あ、別にボクは凄《すご》く感性豊かな自然に優しい人みたいなわけじゃなくてっ」

「そうなんですか？」

その妙《みょう》な訂正に慌てる姿がおかしくて、つい少し笑ってしまいます。彼は更《さら》に顔を紅《あか》くしながらも、花壇の方に視線をやりつつ答えました。

「は、恥《は》ずかしいんだけど……ここ、掃除《そうじ》して、綺麗《きれい》にして……花も沢山《たくさん》咲《さ》いてさ。そうしたら、ちょっといいんじゃないかなって……」

「いい？」

「えっと……その……」

彼はなんだかもじもじした様子で、言葉を続けます。

「自分だけの落ち着けるスペース……みたいに出来たらなぁって……」

「え？」

それは、まるで私の考えそのもので。驚《おどろ》いて見ていると、何か勘違いしたのか、彼はわたわたと再び手を振って言い訳をしてきました。

「あ、でも、あの、別に専有しようとかじゃなくて、そうじゃなくて、でも、ほら、花を植えたり掃除すること自体は悪い事じゃないと思うし、でも、園芸部の人が管理とかしてたらアレだし、だから、どうしようかなって、あの」

「……ふふっ」

「？」

私は思わず笑ってしまっていました。別にどうということはないやりとりだったのですが……どうやら、私は勝手に少し救われてしまったみたいで。

なんだ、自分みたいな人、結構いるんじゃないかって。

教室内に友達がいないという状況《じょうきょう》があまりに孤独《こどく》で、さっきまでの私は勝手に世界で自分だけひとりぼっちみたいな気分になっていましたが。本当はそんなわけなくて、他の場所にはこうして私みたいな考え方する人がやっぱり居て、おんなじように自分の場所作れないかなー、なんて考えていて。

別にそれで何が解決するわけでもないんですが、気分は、大分軽くなっていて。

私は笑顔で彼に返しました。

「いいと思います。私も。ここ、綺麗にするの」

「え？　あ、そ、そうかな？　でも……」

「許可が気になるんでしたら、先生か園芸部の方に訊《き》いてみましょう」

「あ……う、うん、そうだね。そうしてみようかな」

彼はそう答えると、本当に嬉《うれ》しそうにはにかみました。……元々女の子みたいな顔立ちのせいもありますが、なんだか、同い年の男子とは思えない無垢《むく》な人です。

――と、

《キーンコーンカーンコーン……》

昼休み終了《しゅうりょう》五分前の予鈴《よれい》が鳴りました。校舎裏なんて位置に居ますので、流石《さすが》にそろそろ戻らなければいけません。

当然目の前の彼も「あ、もうこんな時間なんだ」と少し慌てて歩き出しましたが、私は、少し立ち止まって花壇を――荒《あ》れた校舎裏手を眺《なが》めました。

動かない私を、彼が不思議がります。

「どうしたの？　行かないの？」

キョトンとする彼に。私は……気付いたら、自分でも驚くようなことを、自然に口にしていました。

「私も……」

「え？」

「私も、ここ綺麗にするの、手伝っていいですか？」

自分で言ってて「あれ、私ってこんな図々《ずうずう》しいこと言う人だっけ」と思いましたが、発した言葉は止められません。彼は戸惑《とまど》っているようでした。

「え、でも……」

「あ、そもそも一人のスペースが欲しいっていうことですから、本末転倒《ほんまつてんとう》ですよね……」

「そ、そんなことないよ。っていうか、綺麗にしても、ボクの場所になるわけじゃないし

「……」

「そうですか？」

「うん。……うん、そうだね。えっと、じゃあ、暇《ひま》な時……本当に暇な時でいいから、手伝ってくれたら、嬉しい、かな。あ、ほ、本当に暇な時でいいんだよ？　無理しなくていいんだからね？　本当にだよ？」

「ふふ、はい、分かりました。よろしくお願いします」

「あ、こちらこそ、よろしく……」

そう言って、お互いぺこりと頭を下げます。そうしてから時間が無いことに気付き、二人で校舎に戻ります。

そうして玄関《げんかん》まで来て自分の靴箱《くつばこ》前まで行ったところで、ふと自分が名乗ってないことに気付きました。どうやら彼の方もそうだったようで、上履《うわば》きに履き替えてから、廊下《ろうか》でお互い少しだけかしこまって、挨拶《あいさつ》をしました。

「すいません、名前言っていませんでした。私は1年A組の、祐天寺つばきと言います」

私の自己紹介《しょうかい》に彼はぺこりと「あ、これはご丁寧《ていねい》に」と妙に礼儀《れいぎ》正《ただ》しく応じ、それから、にこっと柔《やわ》らかく微笑《ほほえ》んで自己紹介してくださいました。

「ボクは、一年D組の中目黒善樹と言います。えと……よ、よろしくお願いします」

儀礼《ぎれい》的な挨拶に、お互いなんだか妙におかしくなってくすくすと笑い合い、そうして、私達はそれぞれの教室へと別れて行きました。

……ふと気付けば。

この学校で近頃《ちかごろ》常に感じていた「息苦しさ」が、少しだけ、薄《うす》れていました。

星野《ほしの》巡　編

私は現在、事務所へ向かう車中で物憂《ものう》げに外を見つめている――フリをして、内心、心底焦《あせ》っていた。

なんか杉崎も口数少ないしっ。

「(どうしよう、どうすんのよ、どうしたらいいのよっ!)」

最近杉崎に急に馴《な》れ馴《な》れしくなった深夏に対抗《たいこう》心を燃やして、つい彼を半《なか》ば拉致《らち》気味に連れてきてしまったものの。よく考えたら好きな人にマネージャーをさせるって、相当踏《ふ》み込んだ行いじゃないの？　っていうか若干倒錯《じゃっかんとうさく》気味でさえない？　大丈夫《だいじょうぶ》？　これ、なんか、大丈夫？　高校二年生の恋《こい》として、大丈夫な領域なの？

「巡」

「ひゃいっ⁉」

突然《とつぜん》杉崎に声をかけられて変な反応をしてしまった。しかし彼は一瞬《いっしゅん》怪訝《けげん》そうにしただけで、特にそこには触《ふ》れずに言葉を続けてくる。

「マネージャーの仕事って、結局何すればいいんだ？」

「え？　あ、そ、そうね……」

やばい、全然考えて無かったわ。っていうか正直な話、私、マネージャーの仕事ってよく知らないのよね。下僕《げぼく》や召使《めしつか》い……と言うには、仕事面での主導権持ちすぎている気もするし。う～ん、う～ん……あ、親か。そうよそうよ、それに近いわ。親ね。それも過保護な母親。ほら子役の痛いママさんとか、マネージャーのイメージそのままよ。「うちの子が～」を「うちのタレントが～」に置《お》き換《か》えただけ。

私は妙に得心がいって、そういうことならと、杉崎に指示を与《あた》えた。

「私におっぱいを与えたらいいんじゃないかしら！」

「お前マネージャーになにさせてんの⁉」

杉崎ドン引きだった。私は自分の失敗に気がついて、すぐに訂正《ていせい》する。

「つ、つまり、育てなさいということよ！　タレントを！　まるで親が子に乳を与えるかの如《ごと》く！」

「あ……ああ、まあ、大分苦しいけど、そうとれなくもないか……。でも育てろって言われてもな。結局、具体的にはなにしたらいいんだよ」

「だからほら……それは……あれよ」

やばい、分からない。私、マネージャーに何して貰《もら》ってたっけ？　う、うーん、まずいわ、ジュースやお菓子《かし》買ってきて貰ってる記憶《きおく》しか出て来ない。

でも妙に大袈裟《おおげさ》な言い方をしてしまった以上、杉崎に実状をそのまま言うわけにいかない。それに、杉崎にはそういう作業をさせたくて連れてきたわけじゃないんだし。

仕方ないので、私は自分の生臭《なまぐさ》いアイドル知識ではなく、漠然《ばくぜん》とした、どこかで聞きかじったアイドル関連知識を持ち出して応対することにした。

「まず、朝は挨拶からよ」

「お、おう、それはまあ当然だよな。仕事する者の最低限の礼儀《れいぎ》として常識――」

「いえ、ここで自分の手がけるアイドル達との親密度を高めるのよ」

「し、親密度？……いや、まあ、そういう言い方も出来るかもだけど……」

「そうしたら、週の初めにスケジュールを定めます」

「おぉ、それっぽくなってきたな！」

「選択《せんたく》を終えたらBボタンを押して確定して下さい」

「なんの話⁉　え、事務所になんかゲームじみた管理ツールでも導入されてるの⁉」

「次にコーディネートよ。アイドルにどんな衣装を着せるか選んで」

「お、おう、そういうのもやるのか、マネージャーは……」

「この際、ダウンロードしたアイテムも選べるわ」

「なんか未来っ！　このご時世、最早《もはや》服さえもデータ形式で買えるのかよ！」

「次にレッスンよ。この際も、気を抜《ぬ》かないでよ！」

「お、おう、そうだよな。自分に仕事が無いからって、休んでちゃ――」

「違《ちが》うわ、画面を見てタイミング良くボタンを押したりしないといけな――」

「アイ○スだよなぁ⁉　ぶっちゃけお前、さっきからア○マスの説明してるよなぁ⁉」

「そ、そんなわけないじゃない、杉崎P」

「いやプロデューサーじゃねえし！　俺マネージャーだしっ！」

「似たようなもんじゃない。アイドル以外の裏方なんてどれも全部」

「謝れ！　お前今すぐ全国の芸能関係者に謝れ！」

「と、とにかく、私を育てて、歌わせて、踊《おど》らせて、CD売り上げ伸《の》ばして、知名度上げて、トップアイドルに押し上げて、愛《め》でて、とかちつくせばいいじゃない」

「どう考えたって代理マネージャーが一日でこなす仕事の範疇《はんちゅう》じゃねえよ！」

「じゃあ愛でるだけでもOKよ」

「OKなの⁉　いやそれ既《すで》にただの彼氏だよなぁ⁉」

「なによ、そんなに不満なら真面目《まじめ》に仕事だけすればいいじゃない！」

「今俺は何を怒《おこ》られているのかさっぱり分からないんだがっ！」

「私を着替《きが》えさせて、踊らせて、歌わせて、動画をアップしちゃえばいいのよ杉崎P！」

「だからなんでアイマ○ベースなんだよ俺の仕事！　普通《ふつう》にマネージャーやらせろよ！」

「そもそも普通のマネージャーってなによ！」

「それを俺が訊いてんだろうがっ！」

うん、なんか話が元の地点に戻《もど》ってきてしまったわ。私はふっと外に目をやり、そうして、何かを悟《さと》ったかのような素振《そぶ》りで口を開いた。

「何が本当のマネージャーか。マネージャーの仕事とは、マネージャーの領分とは。……そういうことを自分で学んでいくこと。そこから、既にマネージャーという仕事は始まっているんじゃないかしらね……」

「お……おぅ……なんかよく分からんが、その、ぐだぐだ言ってすまなかったな」

杉崎はどうにも釈然《しゃくぜん》としない様子ながらも、引き下がってくれた。

……はぁ。

ホント、私、どうしてなんの覚悟《かくご》もなく杉崎を連れ出したのだろう。

嫉妬《しっと》っていうのはホント怖《こわ》いなと反省をしているうちに、車は、事務所へと到着《とうちゃく》した。

＊

私が頭を悩《なや》ませるまでもなく、杉崎への仕事のレクチャーは事務所の人間がしてくれた。

私が最近移籍《いせき》してきた地元の小規模事務所は慢性《まんせい》的にマネージャーが不足しているため、流石《さすが》にクラスメイトの高校生連れてくる事態こそ初なものの、素人《しろうと》にマネージャー代理をさせることはままあったようだ。

杉崎がレクチャーを受けている間、私は事務所の空《あ》き会議室で次の現場用の衣装に着替えていた。今日はこっちのスタジオで新曲のPV撮影《さつえい》だ。本来ならわざわざ事務所で衣装を着ていきなんかしないけど、今日はただでさえ授業をフルで受けさせて貰って時間押している上、マネージャー関連のゴタゴタがあったものだから、せめて現場で手早くことを進められるよう、この空いている時間に着替えぐらいは済ませてしまうことにする。どうせ車移動だし。

私が殆《ほとん》ど着替えを終え、あとは背中のファスナーを止めるだけというところで、ドアがノックされた。

「巡？　着替え終えたか？　入っていいか？」

「ああ、ちょっと待って――」

と言いかけて、背中に上手《うま》く手が回らず無駄《むだ》に時間がかかってしまっている着替えの現状を考慮《こうりょ》して、すぐに意識を切り替《か》えた。

「いいわ、入って」

許可とともに、ノブがガチャリと回される。そうして……。

「失礼しま――」

と言って入室しようとしたところで、彼の動きがピタリと止まり、一瞬《いっしゅん》こちらを見たかと思ったらすぐにドアをガタンッと強く閉めて退室してしまった！

「ご、ごごご、ごめんっ！」

なんか謝っている。大方……背中の一部とはいえ下着が見えるぐらいの状態で居た私に驚《おどろ》いたのだろう。しかし、彼のそんな反応に対して私は——特にこれといって照れることもなく、むしろ少し苛立《いらだ》ちながらもう一度声をかけた。

「ちょっと、入りなさいって言ってるでしょ」

「だ、だだだ、だってお前、まだ着替え——」

「いいから入りなさいっ！」

「はいっ！」

そうして、再び杉崎が恐《おそ》る恐る扉《とびら》を開いて入室してくる。……なぜか右腕《みぎうで》で目を隠《かく》して。

「……なにしてんの？」

「え、えと、その、出来るだけ見ないように……」

……はぁ。普段《ふだん》エロ発言ばかりしているのに、どうしてこういう時は妙《みょう》に紳士《しんし》なのだろう。それがいいところっちゃ、いいところでもあるんだけど。

今はそうも言ってられないわけで。

「いいから。そういうのいいから、こっち来なさい」

「ええ⁉　ちょ、おま、それは流石に――」

「いいからこっち来てファスナー留めるの手伝いなさい！　マネージャーでしょ！」

「あ……。……こほん。……はい」

彼はそうして腕をどけると、未《いま》だ頰《ほお》を紅《あか》くし、少しぎこちない動きながらも、こちらに近付いてきて私の背中のファスナーをジジジと上げ始めた。

「……お前、やっぱ、凄《すご》いよな……」

「なにが？」

「……なんでもねぇ」

彼がファスナーを上げ終えたところで、私は「よしっ！」と声を上げ、すぐさま上着と荷物をとって歩き出す。

「ほら、行くわよ杉崎！　仕事よ、仕事！」

「……ああ！　そうだな、巡……じゃなくて、星野さん！」

「よしっ！」

私は完全に意識を仕事モードに切り替えると、杉崎とともに事務所前に止まったままだった車に乗り込み、スタジオへと急ぐよう運転手に指示を出した。

……私は杉崎が好きだけど。公私混同でマネージャーにまでしてしまったけど。

だからって仕事のクオリティを下げたりなんかは、絶対にしないんだから！

杉崎鍵　編

「やっぱり……凄《すげ》ぇな、あいつ……」

ギラついた照明が照らすスタジオの真ん中で、PV撮影のために一心不乱に踊り、歌い、そして笑顔を振《ふ》りまき続ける巡の姿に、俺は息を呑《の》んでいた。

——すげぇ。

それしか、感想が出て来ない。こういう言い方をあいつは嫌《きら》うかもしれないが、さっきまで二年B組で一緒《いっしょ》に授業を受けていたクラスメイトとは、とても思えない。

いや、俺も彼女がアイドルってことは当然分かってたし、雑誌にしろテレビにしろ各種メディアで彼女を見たことだって、沢山《たくさん》あった。その時はその時で、「ああ、頑張《がんば》ってんなぁ」とは、ちゃんと思っていたんだ。思っては、いたはずなんだが……。

『♪〜♪〜♪』

マイクを通して大音量でスタジオ中に流れるあいつの歌に、心が飲み込まれる。

『♪～ぼぇ～♪～にょえ～♪～にゅわ～♪』

……いや、まあ、その、決して上手くはない。っていうかぶっちゃけ音痴《おんち》だ。うん、そりゃまあ音程は酷《ひど》いもんさ。そう、とてつもなく酷いんだが……。

「凄《すご》いですよね、巡さん」

俺の隣《となり》で様子を見守っていたスタイリストの女性、花岡《はなおか》さんが呟《つぶや》く。俺があまりにぽけーっとしていたからだろうか。俺の顔を見てくすっと微笑《ほほえ》むと、巡へと視線を戻して続けてきた。

「既に音声は録《と》ってあるので、本来なら口パクでもいいんですけどね」

「あ、そうなんスか？」

「ええ。まあ他の歌手の方でもこういう状況《じょうきょう》で歌われる方はいるんですけど……巡さんはいつも本域というか、全力で歌われてます。まあ、喉潰《のどつぶ》れちゃったり、全力すぎて前録った音声と全然口合ってなかったりとか、弊害《へいがい》出まくりで撮《と》り直し多いんですけど」

「そ、そうなんですか……」

な、なんか恥《は》ずかしっ！　マネージャーとしてもクラスメイトとしても恥ずかしっ！　なんだこれ！　ああ、これが子を持つ親の気分の一端《いったん》かっ！　気付けば、俺は自然と「うちの星野がいつもすいません……」と謝罪していた。

しかし、俺の言葉に花岡さんは「いえいえ」と朗《ほが》らかに笑う。

「スタッフ皆《みんな》、そんな巡さんが大好きですから。プロ意識……と言うのもちょっと違うのかな、彼女の場合。なんていうか、真摯《しんし》な姿勢っていうんですかね。PV撮影で全力で歌っちゃうのだって、彼女曰《いわ》く『小手先の口パク映像なんかより全力で歌う私の方がいい顔しているに決まってるじゃない』らしいですし」

「……あいつらしいですね」

「本当に」

そう言って花岡さんは笑い、いつの間にか俺達の会話を聞いていたらしい周りのスタッフも、仕事はしながらニヤニヤとこちらを見ていた。

そのうちの一人、ディレクターか何かと思われる髭《ひげ》のおっちゃんが、今はたまたま手が空《す》いていたのか、ちょろちょろっとこっちに寄ってきて、妙にげすい笑いを漏《も》らす。

「で、どうなのよ、あんちゃん」

「え？　どうって……何がですか？」

「だからよぉ、巡ちゃんとはどこまで行っているかって訊《き》いてんだよぉ」

にひひ、と笑うディレクターさん。花岡さんが「もう、やめて下さいよ峰《みね》さん」などと言って俺をかばってくれているが……俺は、よく意味が分からず、普通に答えた。

「え、巡……星野さんとは、修学旅行で京都と東京に行ったぐらいですかね」

『あー……』

瞬間《しゅんかん》、周囲に居たスタッフ全員が——っていうか監督《かんとく》や照明さんやカメラさんまでもが、なんだか凄く残念なものを見るような目で俺を見る。そのまま撮影が止まり、巡がマイクを通してスタッフに声をかけた。

『ちょっと皆？　どうしたのよ？』

『…………あー』

『ちょ！　な、なんで皆してあたしにそんな生温《なまぬる》い同情的な視線向けているのよ！　な、なんなのよぉ～！』

とまあ、俺と巡には全く意味の分からないアクシデントはあったものの、その後も撮影《さつえい》は極《きわ》めて順調に進んでいた。

——と、そんな撮影途中《とちゅう》で、事務所で渡《わた》されていた業務用ケータイがポケットの中で振《しん》動《どう》した。

俺は小さく周囲の人に「すいません」と声をかけると、足早にスタジオから静かな廊下《ろうか》へと出て、通話ボタンを押す。

「はい、もしもし、杉崎です」

『あ、杉崎君？　社長の高木《たかぎ》だけど』

「あ、社長さん。えと、あの、お世話になっております」

なぜか電話なのにペコペコしてしまった。……「社長」という言葉って、なんか、それだけで微妙《びみよう》に人を畏縮《いしゆく》させるよな……。

「えっと、その、どうされました？」

敬語がうまく使えているのか全く自信のない、覚束《おぼつか》ない喋《しやべ》り方をする。しかし、社長さんの方はそんなことを全く気にした様子が無く……というか、気にしている余裕《よゆう》が無いのか、少し焦《あせ》った様子で続けてきた。

『すまない、悪いんだが杉崎君、今すぐ巡君と事務所に戻《もど》ってきてくれないか』

「え、今すぐですか？　いえ、あの、まだＰＶの撮影が……」

『それはいいから、戻ってきてくれ。緊急《きんきゆう》なんだ』

「緊急？　どうかされたんですか？」

『それは戻ってから話す。ああっ、いいからすぐにＰＶ撮影を中止して――』

どうもかなり深刻な事態なのか、焦る社長さん。しかし……俺は、落ち着いて、応対した。

「それは無理だと思います」

口答えみたいになってしまった。一瞬手が震《ふる》えるが……しかし、これは事実だ。

穏和《おんわ》な社長さんが、声に少しだけ苛立ちを含《ふく》ませる。

『無理？　無理ってきみ、そこがマネージャーとしての――』

「巡は……」

『？』

「巡に、理由も説明せずに仕事を放り出させるのは、絶対に無理だと思います」

『………』

俺の言葉に、社長さんが黙《だま》り込む。しかし一秒もしないうちに、すぐにさっきとはまるでトーンの違《ちが》う言葉が返ってきた。

『すまない。そうだな、キミの言う通りだ。巡君は、そういう子だ』

「はい。すいません」

『なんでキミが謝るんだい、ははっ』

社長さんが朗らかに笑う。……ここに来て、巡がどうして地元の、こんな小さい事務所にわざわざ移籍《いせき》したのか、少しだけ分かったような気がした。

しかし、口元に微笑みを浮《う》かべられたのはそこまでだった。直後、再び社長の言葉が重みを含む。

『単刀直入に言う』

「はい」

なんだ。もしかして問題発言とかか。巡がテレビ番組でぽろっととんでもないこと言っていて、それが因《もと》でブログが大炎上《だいえんじょう》とか。いいや、もっと酷いことか。……あ、家族が事故にとか⁉　まさか守が⁉　いや、もしくはもしくは――

『キミと巡君の熱愛が、週刊誌にすっぱ抜《ぬ》かれた』

「あ、なんだ、そんなことでしたか。なーんだ、事故じゃないなら全然――は？」

なんだ。今、みょーなことを聞いた気がするぞ。ん？　シューカンシ？　すっぱぬき？

何を？　え？　俺と巡のネツアイ？　ネツアイ？　ネツアイって何――

『もう一度言うぞ。キミと、巡君の熱愛が、週刊誌にすっぱ抜かれた』

＊

「ど、ど、ど、どういうことなのよ⁉」

廊下を足早に控《ひか》え室へと向かって歩きながら巡は俺からひったくった電話に向かって怒《ど》鳴《な》り散らしていた。……相手社長でも、その態度なんだ……。

ちなみに巡がやめないのではないかと危惧《きぐ》していたPV撮影に関しては、事情を話したら一秒経《た》たないうちに何の迷いもなく中止を宣言してスタジオを飛び出していた。巡のプロ根性みたいなのは、よく分からない。……まあ、気持ち自体は分かるんだけど。っつうか俺当事者だし。

「明後日《あさって》発売のに載《の》る⁉　なにそれ、もう殆《ほとん》ど手遅《ておく》れじゃないのよ！　どこの週刊誌よ⁉　え⁉　嘘《うそ》でしょ⁉　あそこ最近まで私のグラビア殆ど独占《どくせん》で載っけさせてやってたじゃない！　なにそれ、信じられない！」

信じられないのはそんな応対されている社長だと思うが、とにもかくにも、巡は激怒《げきど》していた。っていうか、なんか俺が当事者なのに微妙に引くぐらい、激怒していた。

「もういいわ！　私が直接電話する！　ええっ！……ええ！　直接するわよ！……なに

よ！　どうせあんた達じゃ煙《けむ》に巻《ま》かれるのが関の山よ！　いいから私に任《まか》せなさい！　じゃあね！」

ケータイが壊《こわ》れるんじゃないかという勢いでボタンを押し込んで通話を切る巡。そのまま俺にケータイを放り投げる。

「おっと」

——と俺がそれを受け取っている間に、今度は自分の仕事用ケータイを取り出してどこかのメモリーを呼び出し始めた。あまりにイライラしているため操作がうまくいかない様子の巡に、俺はおずおずと声をかける。

「あのー……巡さんや」

「なによ！」

「ひっ！　い、いやその、こんな時になんなんですが、ちょっとでいいんで、その、俺にも多少の事情説明ぐらいして貰《もら》えないかなぁ……なんて」

「ああ⁉」

「ひっ、すいませんすいませんそうですよねそんな暇《ひま》ないですよね！」

怯《おび》えながらぺこぺこ謝る。……なんか俺、マネージャー業やり始めてから妙《みょう》に小者っぽさが板についてきてね？

そうこうしている間に、俺達はいつの間にか控え室の前まで来ていた。慌《あわ》ててドアを開けると、そこで巡は仕方なさそうにケータイの操作をやめ、不機嫌《ふきげん》な様子で控え室にずかずか入り、鏡面台《ドレッサー》前の椅子《いす》に腰掛《こしか》けた。

俺はドアを閉めて鍵《かぎ》をかけると、そのまま壁《かべ》に背を預け……少しだけ、マジなトーンでもう一度訊《たず》ねる。

「それで、なんだってこんなことになってんだよ」

マネージャーとしてではない、杉崎鍵としての俺の質問に。巡もまた、心底まいったという様子で机に両肘《りょうひじ》をついて、頭を抱《かか》えながら返してきた。

「本当に、私が訊きたいぐらいよ……。なんなのよ、これ……」

「全然身に覚えはないのか？」

「身に覚えってなによ！」

苛立《いらだ》った様子で俺を睨《にら》みつける巡。俺がその予想外の剣幕《けんまく》に驚《おどろ》いていると、巡は、すぐに平静を取り戻して、深く溜息《ためいき》をついた。

「……社長が言うには、私とあんたが一緒《いっしょ》にいるところの写真が、撮《と》られていたそうよ」

「なんだそりゃ。そんなの、割としょっちゅうあることだろう」

クラスメイトで友達なんだ。「二人きり」となると回数は少なめだが、それでも、普段《ふだん》から休日までつるんでいるんだから、俺と巡が一緒にいることになんの特殊性《とくしゅせい》も無い。

しかし、巡は頭を抱えたままかぶりを振《ふ》った。

「なんか、私とあんたが抱《だ》き合っているところが撮られてたって……」

「はあ？　んなことあったか？」

「無い……と、思う、けど。わかんない。なんかのドタバタの最中で、そんな風になることは割とある……かも……」

確かに、こいつにプロレス技かけられたりはしょっちゅうしているか……。

「じゃあなにか？　そういうたまたまのタイミングのまぎらわしい構図の写真を、週刊誌の記者に撮られたと？　おいおい、そこまで張り込んでいるもんなのかよ、記者って」

「…………」

俺の質問に、巡は急に頭を抱えるのをやめ、再びケータイを取り出して今度は落ち着いた様子で操作しだした。

「どこにかけるんだ？」

「さっき言ってた通り、例の出版社。……確かにおかしいのよ。あそこは、そんなに大きな会社じゃないもの。私にまで記者を貼《は》り付《つ》けておくような余力は無かったはず……というか、一応は最近まで一緒に仕事してた仲よ？　裏切りにしても、どうも納得いかないわ」

言いながら通話ボタンを押す巡。すぐに受付にかかったらしく、なにやら彼女の知り合いらしき担当者の名前を出して、取り次ぐよう指示している。

——とそこで心配そうに見守る俺に気を遣《つか》ったのか、設定をいじって、音声が周りにも聞こえるようにして、テーブルの上に置いてくれた。

数回コール音が続き、そして、相手が出る。

『もしもしお電話代わりました平井《ひらい》で——』

「あんた一体どういうつもりなのよっ！」

『うわっ⁉　え、お、落ち着いて下さい星野さん。なんですか、どうしたんですか⁉』

完全にパニクった様子の男性の声が聞こえてくる。しかし巡はそれでも剣幕を緩《ゆる》めず、彼を問《と》い詰《つ》める。

「あんた、あたしの独占グラビアの恩、忘れたとか言うんじゃないでしょうね⁉」

『ええ⁉　いや忘れてませんよ。その節は本当にありがとうございました』

「な……なによそのしらばっくれた態度ぉ——！　きぃ——！」

『え、ええ⁉　ちょ、あの、さっきからどうされたんですか星野さん』

「はぁ⁉　あんた、いつまでしらばっくれてんのよ！　あんな私の熱愛記事をでっちあげといて、まあ白々し――」

『え、熱愛記事……ですか？　もしかして、うちが？……ちょっと詳《くわ》しく聞かせて貰って
いいですか？』

「え……あ、い、いいけど……」

想定したのと違う相手の態度にすっかり毒気を抜かれてしまった巡は、そのまま手短に
一通りの事態を説明した。すると、電話口の男性は「はぁ〜」と深く嘆息《たんそく》する。

『なんでこっちに断りもなくそういうことするかね……』

「なによ、あんた知らなかったの？」

『知りませんよ、全く！　ホント、うちのグラビア班はいっつものけ者ですよ。この前も
ですね――』

そのまま愚痴《ぐち》が始まりそうなところを、巡が遮《さえぎ》る。

「ちょっと待って。じゃあ……お願いがあるんだけど、いいかしら？」

『お願いですか？　あ、差し止めとか言われても、それは流石《さすが》に僕の立場では……』

「いや、そうじゃなくて。例の写真なんだけど、どういう入手経路か分かる？」

『ああ、それぐらいならまあ、なんとか。っていうか、僕もちょっと腹立つんで協力させ
て貰いますよ。あ、ちょっとこのまま待って貰っていいですか？』

「分かった、待ってるわ」

そう応じると同時に、ケータイから保留音が鳴りだした。

どうやら少し時間がかかりそうなので、俺はその間巡に話を聞くことにする。

「なあ巡。なんか……こういうのもなんだけど、そこまで躍起《やっき》にならなくてもいいんじゃないか？」

「はあ？」

俺の発言が信じられないといった様子でこちらを見てくる巡。しかし俺は……どうにもそのテンションに納得がいかず、頭をぽりぽりと掻《か》いた。

「いや、うん、最初は俺もびっくりしたけどさ。もしこれが世に出たら、まあアイドルとして致命的《ちめいてき》なのは分かるんだけど、なんていうかな。実際問題、完全に事実無根なわけだしさ」

「じ、事実無根？」

ん？　なんだろう？　巡が、若干《じゃっかん》イラッとした風に見えた。気のせいか？

俺は出来るだけ言葉を選ぼうと心がけつつ、続ける。

「なんていうか、本当のファンは分かってくれるんじゃないかな。俺とお前が、全くなんでもないって」

「ま、全くなんでもない……」

あれ、どうしたんだろう。め、巡さんが、なんか更《さら》にイライラとされた様子で、顔を俯《うつむ》かせてワナワナと震《ふる》えてさえおられる。

俺は、なんとか状況《じょうきょう》を鎮火《ちんか》しようと、今できうる限りの言葉をかけた。

「いや、だからさ。えーと、なんて言ったらいいんだろうな……。そ、そうっ、巡は捏造《ねつぞう》なんかに負けるアイドルじゃないっていうかっ！」

「捏造……」

「そ、そうだよ！　今日お前の仕事見てて凄《すげ》ぇ思ったしさ！　『ああ、こいつは俺と住む世界が違《ちが》うなぁ』って！」

「住む世界が……違う？」

「あ、ああ！　その通り！　だからさ、ええと、なんていうか……こんな話題、すぐに消えてしまうはずっていうか……えーと、つまり……」

「なによ……」

「えーと……そう！」

俺はそこでとてもいいフレーズを思い出して、自信満々に告げてやった。

「火のない所に煙《けむり》は立たないって言うだろ？」

よっしゃ、完璧《かんぺき》だ！　なんてうまいセリフだ俺！　そう、火のない所に……って、あれ？　なんかちょっと違う？　あれ？　この論理じゃ微妙《びみょう》に——と、そんなことを考えていた矢先だった。巡が唐突《とうとつ》に、ドンッと、テーブルを叩《たた》いた。

そうしてゆらりと立ち上がり……急にカッと顔を上げたと思ったら、激怒した様子で俺に怒鳴《どな》ってくる！

「火があったから、今こんなことになってんじゃない！」

「え？　いや、巡？　あ、ごめんごめん、間違《まちが》った。うん、この例えじゃなかった。そうだよな、俺達の間に火は全然無かったよな、うん、すまん、これは——」

「だからそうじゃなくてっ！　火はあったって言ってんでしょ！」

「へ？　いやいや巡、違うって、火はないのに煙が立ったというのが今の状況で——」

「あー、もう、だからっ！」

巡は心底苛立った様子で、折角《せっかく》セットしてあった髪《かみ》をぐしゃぐしゃーっと乱すと、鬼気《きき》迫《せま》る表情で俺を見つめ――そして、大声で言い放った。

「私は、あんたのことが好きだからっ、困っているんでしょうがっ！」

「――へ？　あ、ああ、そういうことか。うん、俺も好きだぞ巡、友達として――」

「違うわよ！　私は、あんたが、男として好きなのっ！」

「――へ？　あ、ああ、そういうことか。うん、男友達の中では確かに一番――」

「だからっ、そうじゃなくて！　ああっ、もう！　こういうことよ！」

そう叫《さけ》んだと思ったら。

途端《とたん》、巡は猛烈《もうれつ》な勢いで俺に迫《せま》って来て――

「わ、ちょ、おまっ」

――そのまま、俺に、ぎゅうと抱《だ》きついた。

「――え？」

「……だから……こういうことだって……言ってんじゃない……」

耳のすぐ傍《そば》から聞こえる声が微《かす》かに震えている。それどころか頬《ほお》の触《ふ》れている彼女の顔はとんでもなく熱く、そして、押し付けられているその胸からは——ばっくんばっくんばっくんと、尋常《じんじょう》じゃない速度の鼓動《こどう》が伝わってくる。

これは……え、その、つまり……。

「えと……巡。もしかして……。……じょ、女性として、俺のことが、好き……とか？」

「…………」

彼女は何も言わず。

しかし、ただ、こくりと、小さく、頷《うなず》いた。

「……えっと……」

うん、ちょっと待て、整理しよう。ええと、まず俺達が熱愛報道をすっぱ抜かれて、でもそれは全くの事実無根で、いやでもここ数秒で事実無根じゃなくなった感じで、いやまずそれ以前に巡が俺のことを男として——

る。

『♪♪――と、お待たせしました！』

激しい混乱の中、唐突に保留音が切れて場違《ばちが》いなテンションの男性の声が室内に響《ひび》き渡《わた》る。

俺達が全く身じろぎ出来ず、お互《たが》い硬直《こうちょく》したようにしっかり抱きしめ合ってしまっている中――彼は、こちらの反応が無いこともお構いなしで、勝手に喋《しゃべ》り出した。

『分かりましたよ、入手ルート！　あの写真、うちの記者が撮《と》ったんじゃなくて、送られてきてたんですよ！　いわゆるリークってヤツです。でも担当者が「確かな筋」とまでしか教えてくれないんで、腹立って独自に調べてみたんですよ！　そしたらね、なんと分かりましたよ！　名前だけですけど、写真提供者！』

う、うん、あの、平井さん、今そういう状況じゃないといいますか、その件はまた後でお願いしたいといいますか、反応無いこっちの空気に気付いて――

『提供者の名前は「中目黒善樹」です！　もう一度言いますよ？　提供者の名前は「中目黒善樹」です！　具体的にこの人物が誰《だれ》なのかっていうのは、引き続き調べて追って報告しますね！　ではっ！　うひょっー、なんか楽しくなってきたぞー！』

ガチャッと切られる、平井さんの電話。

…………あー、うん、えーと、はい、その、うん、そう、あれ、だね、うん。

…………。

……麦茶を。

とりあえず麦茶を、一杯《いっぱい》だけ貰《もら》って、よろしいでしょうか。

立碧陽学園生徒会

Hekiyoh School studen

あとがき

色々な意味でお久しぶりです。葵《あおい》せきなです。

前巻ではあとがきをやってないようでやってるようで、やっぱりやってなかったため、こうして「通常のあとがき」を書き出してみると、思っていた以上に新鮮《しんせん》です。

まあ、それはいいのですが。

さて、今回はあとがき、十三ページでございます。

……完全に前巻の罰《ばつ》です。失踪《しっそう》、よくない。あとがき放棄《ほうき》、よくない。

とはいえ、実は収録短編を一個少なくしたり等でページ調整はやろうと思えば出来たらしいのですが、やっぱり「あとがき多いから」なんて理由で本編削《けず》るのはアレですし、なにより前巻があとがきやってないようなものなので（その分、短編一個余分に書いた気もしますが）、今回は自分を戒《いまし》める意味でも、「やったろうじゃねぇの、十三ページ！」と担当さんに啖呵《たんか》を切った次第《しだい》でございます。

そして早速後悔《こうかい》している次第でございます。

真冬《まふゆ》から美少女要素や優《やさ》しさ等のプラス部分全部取り払《はら》って更《さら》に高校中退させたみたいな、本格的にどうしようもない生活送っている私に対して。「プライベートの楽しいエピソードトーク」を期待するという行為《こうい》がどれほどの禁忌《きんき》か、編集部及《およ》び読者の皆様《みなさま》はご理解されておられるのでしょうか。

かといって、今回は前述したような自戒《じかい》要素も含《ふく》んでいるため、短編的なことに逃《に》げるわけにもいかず。

あれ、なんだろう、頭の中に二時間ドラマ終盤《しゅうばん》に出てくる断崖《だんがい》のイメージが……。

まあそんな愚痴《ぐち》を言っていても二ページ稼《かせ》ぐのが関の山なわけで、とりあえず思いついた順に「報告しておくこと」を消化していきましょうかね。

まず、担当さんが新しい方に代わりました。……前巻から。というわけで、本当なら前巻のあとがきで報告すべきことだったんですが、内容がアレだったので結局報告出来ずじまいでした。なのでこの場を借りてお礼と挨拶《あいさつ》をば。

これまで約三年程担当して下さいました中村《なかむら》さん、本当にありがとうございました。シリーズ開始当初からイレギュラーだらけで面倒《めんどう》をかけ、シリーズが進むと今度は各種メデ

ィアミックス等で仕事量が加速度的に上昇《じょうしょう》しているところに、
私「中村さん、ドラマガでやる番外編（二年B組の一存）の原稿《げんこう》なんですけど……」
中「あ、出来ましたか。どれどれ、大体文庫換算《かんさん》で四〇弱でもあれば充分《じゅうぶん》——」
私「……気付いたら約一一〇ページ程に……」
中「なんで!?」

　というようなことばかりしており、びっくりするぐらい迷惑《めいわく》をおかけしました。だというのに結局三年間も私のワガママに付き合って頂きまして、本当に感謝しております。

　このシリーズがここまで来られたのは、なんの誇張《こちょう》もなく貴女《あなた》のおかげでした。本当に、本当にありがとうございました。

　これからは富士見書房《ふじみしょぼう》バミューダトライアングル支部にて、龍脈《りゅうみゃく》の力を用《もち》いた祈禱《きとう》でドラマガの売り上げを三部伸《の》ばすという大仕事に携《たずさ》わられるそうですが、変わらず元気で頑《がん》張《ば》——え、行かないんですか？　私そう聞きましたけど。……ホントに行かない？　おかしいなぁ。情報が錯綜《さくそう》してますね。……え、それどころか普通《ふつう》に富士見書房に居て、まだ生徒会も全然関わると？

　……なんだ、お礼言って損《そん》しました。感動的なノリの言葉って、二度と会わないからこそ言える的なとこあるじゃないですか。なんですかそれ。友達が転校するって言うんで盛大なお別れ会を開いて、自分の宝物だったオモチャまであげたのに、翌日学校行ったら何事もなく普通に登校してきていて、シレーッと、こちらが何も訊《き》けないオーラ纏《まと》って着席していた——みたいな感じですよこれ。

はいはい、じゃあ、これからもよろしくお願いしますー。へーい。

気を取り直して、そんなわけで新担当の小林《こばやし》さん。シリーズももう終盤ですが、だからこそ重要な局面でもありますので、これから何卒《なにとぞ》よろしくお願い致《いた》します。

前担当さんとのエピソードにもありますように、この私、葵せきな、何も取《と》り柄《え》がありませんが、しかし人一倍やる気だけは——

え？　あ、はい、マテゴ？　マテゴの漫画《まんが》をやると。はい、あ、嬉《うれ》しいです。……へ？　小説ですか？　あー、はい、確かに「一巻とか書き直したいですねー」みたいな話は以前しましたが——え？　ドラマガに？　マテゴの小説を載《の》っける？　ああ、過去書いた短編を再掲載《さいけいさい》……じゃない？　書き下ろす？　私が。確かに楽しそうですねそれは。じゃあ今回はマテゴの紹介《しょうかい》短編だけをドラマガに書くということで——え？　生徒会も？　変わらずに？……ま、任《まか》せて下さいよ！　私ほら、やる気だけは——え？　今度は木陰《こかげ》の口絵のところのタイムスケジュールを？　え？　更にカバー裏にも企画《きかく》を——

………。

こ、今度の担当さんは、私と同等かそれ以上に動き回る方でした！

とまあギャグっぽくは書きましたが、中村さん、本当のお疲《つか》れ様《さま》でした。まあまだ半分担当なんですけど。

そして小林さん、よろしくお願い致します。個人的に色んな新しいことがやりたい人間なので、ひぃひぃ言いつつも実は楽しませて頂いております。久々のマテゴとかカバー裏企画とか、スケジュール的にはアレでしたが、本当に書けて良かったなぁ。

さて、と。これで私の中にあった「報告」話題のメインストックがほぼ消費されてしまいました。担当さんいじりでしばらくいけると思ったのに……。

こほん。

で、ではこの際だから、いつもは終盤やるような広告も先やらせて貰《もら》っちゃおうと！

（決して急場しのぎの話題じゃないよ！）

先程ちらっと言いましたが、私の前作である「マテリアルゴースト」がドラゴンエイジさんで漫画化させて頂いております。描《か》いて下さっているのは星野円《ほしのまどか》さん。凄《すご》く可愛らしいヒロイン達がいきいきと描かれておりますので、是非《ぜひ》ご一読を。

　と同時にというか少しずれて、「生徒会の日常」（外伝シリーズ）もドラゴンエイジさんでコミカライズ開始して頂いております。こちらはアシオさんにより、10mo《とも》さん版の本編とはまた違《ちが》った、外伝らしい「アクティブさ」や「わいわい感」が出た素晴らしい作品に仕上がっておりますので、こちらも是非ご覧下さい。

　というか、本編含《ふく》め全部ドラゴンエイジに載っているので、ドラゴンエイジを読んで貰えば一発解決です！　なんかお得だね！

　……しかし三本も萎せきな原作の作品が載っていると、なんか、私がドラゴンエイジを乗っ取ろうとでもしているかのようです。なぜこんなことに……。

　更に、実は「生徒会の一存　にゃ」の水島空彦《みずしまそらひこ》さんにより、コンプティークで夏頃《ごろ》、再びスピンオフの連載《れんさい》が始まります。こちらも是非ご期待下さい！

　勿論《もちろん》、砌煉炭《みぎりれんたん》さんの描く独特ワールド「生徒会の一存　ぷち」もコンプエースとコンプティークで絶賛連載中ですので、引き続きお楽しみ頂ければと思います！

　……う、うん。なんか自分でも若干《じゃっかん》引くほど宣伝したな。っていうか、なんだこの漫画宣伝パートの分量。ふざけ要素入れないで、一ページ埋《う》まった……。これは便——げふんげふん！

あ、そうだ、報告ついでにもう一つ！

既《すで》にご存知の方も多いことと思いますが、ここでも正式に告知させて頂きますと。

生徒会の一存が、再びアニメ化致します！

めでたい！　これはめでたい！　やー、めでたい！　目で鯛《たい》！　芽出たい！　愛《め》でたい！　MEDETAI!!………うん、既にバレていることと思いますが、これ以上書けることがありません。情報が！　現時点で情報が凄く未公開！　実はこのあとがき書いているのは四月中旬《ちゆうじゆん》でして。文庫発売時には、また何か新たな情報が出ている……かも？

そんなわけで、生徒会はこれからもますます活発に活動していきます！　応援宜《おうえんよろ》しくお願い致します！

………。

うん、いいんじゃないかな、そろそろ。今なんか無駄《むだ》に綺麗《きれい》にまとまったし。あと六ページは、ほら、メモ帳とかにしておけばいいんじゃないかな。駄目《だめ》ですか。駄目だよね、前回の罰だもんね、これ。

実際、前回「ちゃんとしたあとがきも読みたかった」という声が意外とありまして、ならばと今回はその分、多いページ数を引き受けたところもあったり。まあ私の日常はさておき、確かに、生徒会シリーズ関連のざっくりした動きのまとめが欲しい方もいらっしゃいますもんね。うーん、深いですね、あとがき。

とりあえず報告方面の義務は果たしたので、じゃあ話を私の日常に移しましょうか。

ここ最近の活動としては、生徒会の本編よりその他の外伝だったり細かい小説だったりを書いていることが多かったです。……最終巻引っ張ってるみたいで申し訳無い。まず大前提で私の要領が悪いのはあるのですが、なぜか本編書こうとすると他の仕事で中断が多くてですね（ドラマガとか短編集書き下ろしとか）。

水際や木陰読むと顕著《けんちょ》ですが、短編集の書き下ろしって半ば本編より「シリーズ的な話」が多いので、短編集だからって楽ってことは全然無く。結果、短編集にも本編と同じぐらいの労力を注《そそ》ぐことになり、そうこうしている間に次のドラマガ、ドラマガ書き終わってさあ本編と思ったら次の短編集が――みたいなサイクルです。

とはいえ本編もきちんと進んでおりますので、もう少しだけ気長にお待ち頂けるとありがたいです。まあ、本編に関しては凄い引きで終わったりしているわけではないので、まったーり「卒業式もうそろそろかなぁ」などと思っておいて下さい。

そういう意味じゃむしろ外伝シリーズの方が「次」に対するアレが高そうなのですが――って、まだ読んで無い人もいるので、あんまり中身は触《ふ》れませんが。木陰ではちょっと今までの生徒会に無かった試みをしております。こちらも次にご期待下さい。

あとは……小説関連でなんかあったかな。うーん。

えーと未来の話でもすると、生徒会終わった後の新作に関してですが。どうなるか、あんまり決まってないです。……じゃあ話題にすんなよという感じですが。

いや、実は、私の今書こうとしているネタが軒並《のきな》み「一冊とか、上下巻、長くても上中下の三冊ぐらいで終わるよね」みたいな物語ばかりでして。それはそれでお送り出来ればなぁとも思っているんですが、「シリーズ」としての話もやっぱり考えなきゃなあとも。

というわけで、ここで考えましょうか、葵せきなの新シリーズ方向性！

《異能バトル系》

イチ読者としては大好物ですが、残念、私には二つ名とか考えられるセンスが絶望的に欠如《けつじょ》しています（『一年C組の流儀《りゅうぎ》』参照）。

ちなみに本当にやるなら、謎《なぞ》の化物と戦う美少女と出会った平凡《へいぼん》な主人公が、徐々《じょじょ》にその世界に足を踏《ふ》み入れていく、という話でお願いします。やっほう、王道！　でも、本当に徐々にです。ええ、徐々に。一巻ではなんと主人公「お風呂《ふろ》でお湯に波紋《はもん》を立てず指をつける修行」しかしません。延々その描写《びょうしゃ》です。盛り上がりポイントは、修行にのめりこむあまりのぼせてしまって倒《たお》れたところをツンデレヒロインに「まったく、馬鹿《ばか》なんだから……」と介抱《かいほう》されるところです。それだけです。敵？　必殺技？　そんな名前考えるのが面倒《めんどう》なもん、二十五巻まで出ませんが、何か？　い、一朝一夕《いっちょういっせき》で超人《ちょうじん》的能力が身につくと思うなよ！……すいません、誰《だれ》も読みたくないですよね。ホントすいません。

《日常コメディ》

……生徒会と何が違うのかと。あ、とはいえ、以前「ゲームを主軸《しゅじく》にした日常モノ」はやろうかなと思っていたりもしたのですが。ほら、生徒会の数年後の話で、主人公達の所属するゲーム部では偉大《いだい》な先輩《せんぱい》ゲーマー「ウィンター」の伝説がまことしやかに伝えられている……とか。うん、趣味《しゅみ》全開すぎますね。

《本格推理ミステリー》

今巻でそれが無理なのは証明されました（『ドS探偵《たんてい》　紅葉知弦《あかばちづる》』参照）

《SF》

ビームサーベルじゅばあああん！　レーザーぴゅんぴゅん！　どがぁん！　相対性理論により光の速さでなんたらかんたら、色々あってワープ！　シュパーン！

……もうホント申し訳無い。SF好きの方、これは侮辱《ぶじょく》じゃないんです。葵せきなの全力なんです。実際、読むのは好きなんです。書くのは無理なんです。
あ、でも、前述した「三冊ぐらいでまとまりそう」なのは、若干SF的要素入ったものです。いや、SFというほど科学的ではないかな。でもまあ、本格的なのを私が書くというのは、現実的じゃないでしょうね。
《恋愛《れんあい》》
ラブコメじゃなくて、恋愛。…………。…………。…………。
《ホラー》
私は暗闇《くらやみ》の中を歩いていた。すると、前方から生首がひゅ————！
……文章で怖《こわ》がらせる技術なんか、私には無いよ……。まあ、実はマテゴで若干やってるんですけどね、ホラー。本格的なのはどうしていいのやら。ただ、それだけに少し興味はあります。……十中八九救いが無くなりますが。生徒会直後にそれでいいのか。
《自伝・体験談・エッセイ》
無理（このあとがき参照）。
《時代モノ》
よぉ旦那《だんな》ぁ、どうでい、遊郭《ゆうかく》でも行かねぇかい？　え？　興味無い？　んな堅《かた》いこと言いなすんなって、ほら、掃除《そうじ》なんかル○バに任せて早く行くぜい！

……二行で破綻《はたん》するって、どういうレベルなんでしょうか。

《本格ファンタジー》

デミグラス共和国は追《お》い詰《つ》められていた。突如《とつじょ》として隣国《りんごく》ウェルダン帝国《ていこく》が戦争を仕掛《しか》けてきたからだ。この危機に対し、共和国は友好国であるワフウオロシ神聖国と同盟を組むことにより急場を凌《しの》ぐも、疲弊《ひへい》した共和国内で反政府組織チーズインがこれを機とばかりに反旗を翻《ひるがえ》す！ そんな混迷の中、郊外《こうがい》の村に住む青年バンズは、ひょんなことから村に伝わる伝説の聖剣《せいけん》ニクジールを抜《ぬ》いてしまうのだった！

…………うん、そうですよ。私は国の名前とか考えるセンスが無いですよ！ わーん！

そんなわけで、新作はどうなるか分かったもんじゃありません。色々な意味でドキドキしながらお待ち下さい。ちなみに葵せきなはハンバーグが大好きです。

あ、しょーもないこと書いてたらもう殆《ほとん》ど埋まっているじゃありませんか！ 奇跡《きせき》！

しかしこのあとがき、実は二日に跨《また》って書いてたりします。あとがきにどんだけ労力かけてんだよ私……。

でも、デミグラス云々《うんぬん》の妄言《もうげん》は一気に書いてますのでご心配無く！……むしろ心配になるわという読者さんがいらっしゃる気もしますが。

さて、今巻も素敵なイラストで彩《いろど》って下さった狗神煌《いぬがみきら》さん、本当にありがとうございました！　今回は初めて生徒会役員以外が表紙を飾《かざ》りましたが、巡《めぐる》がこれまた凄《すご》く良い！　今後の巻の予定はまだ未定ですが、これからの表紙がますます楽しみになりました！　今後ともよろしくお願い致《いた》します！

担当さん、新担当さんも、色々弄《いじ》ってしまいましたが、これからもよろしくお願い致します。私はまだまだ迷惑《めいわく》かけざかりですよ。ふふ。バーグクロニクル書こうか？

そしてなにより、こんな妄言を十三ページ読んで下さった読者様、ありがとうございました！

ではまた、次の巻……おそらく短編集（三冊も続いて申し訳無い！）でお会いしましょう！

葵　せきな

【初　出】

書き下ろす生徒会　ドラゴンマガジン2009年7月号付録
二年B組の遊戯　ドラゴンマガジン2010年5月号
ドS探偵　紅葉知弦　ドラゴンマガジン2010年9月号
S級エスパー★宇宙守　ドラゴンマガジン2010年11月号
Sサイズハンター桜野くりむ　ドラゴンマガジン2011年1月号
一年C組の流儀　書き下ろし
二年B組の進級　～動乱の章～　書き下ろし

富士見ファンタジア文庫

生《せい》徒《と》会《かい》の木《こ》陰《かげ》

碧陽学園生徒会黙示録5

平成23年6月25日　初版発行

著者――葵《あおい》せきな

発行者――山下直久

発行所――富士見書房

〒102-8144

東京都千代田区富士見1-12-14

http://www.fujimishobo.co.jp

電話　営業　03(3238)8702

　　　編集　03(3238)8585

印刷所――暁印刷

製本所――BBC

ISBN978-4-8291-3647-8 C0193